知味

戴爱群——著

口福二集

小吃六十品

生活·讀書·新知 三联书店　生活書店 出版有限公司

Copyright © 2024 by Life Bookstore Publishing Co.Ltd.
All Rights Reserved.

本作品版权由生活书店出版有限公司所有。
未经许可，不得翻印。

图书在版编目（CIP）数据

口福二集：小吃六十品 / 戴爱群著 .－－ 北京：生活书店出版有限公司， 2024.3

ISBN 978-7-80768-421-3

Ⅰ．①口… Ⅱ．①戴… Ⅲ．①散文集－中国－当代 Ⅳ．① I267

中国国家版本馆 CIP 数据核字（2023）第 120363 号

内文手绘插图：肖　洁

责任编辑	欧阳帆	
装帧设计	汐　和	
责任印制	孙　明	
出版发行	生活书店出版有限公司	
	（北京市东城区美术馆东街 22 号）	
邮　　编	100010	
经　　销	新华书店	
印　　刷	天津睿和印艺科技有限公司	
版　　次	2024 年 4 月北京第 1 版	
	2024 年 4 月北京第 1 次印刷	
开　　本	880 毫米 ×1230 毫米 1/32 印张 9	
字　　数	140 千字 图 32 幅	
印　　数	0,001-4,000 册	
定　　价	69.00 元	

（印装查询：010-64004884； 邮购查询：010-64052612）

小吃不小　养我细民

第〇九品 炸豆腐	42
第一〇品 烙饼	46
第一一品 锅贴	50
第一二品 打卤面	53
第一三品 凉面	58
第一四品 凉粉	65
第一五品 绿豆汤	68
第一六品 茶叶蛋·卤蛋	72
第一七品 鱼丸	76
第一八品 年糕	80
第一九品 粽子	85
第二〇品 月饼	89
第二一品 玉米	96

目录

自序 无贵贱　有高低
　序　　　　　　　　i
　　　　　　　　　vi

第〇一品　馄饨　3

第〇二品　水饺　9

第〇三品　发面包子　14

第〇四品　烧卖　20

第〇五品　油条　26

第〇六品　炸糕　30

第〇七品　豆腐脑·老豆腐·豆腐花　34

第〇八品　臭豆腐干　38

第三五品 刀削面 151

第三六品 烤串儿 154

第三七品 锅巴菜 159

第三八品 鸡粥 167

第三九品 面筋百叶 170

第四〇品 羊汤面·白切羊肉 173

第四一品 南翔小笼馒头 176

第四二品 八宝饭 179

第四三品 青团 183

第四四品 生煎馒头 187

第四五品 菜饭 191

第四六品 苏式汤面 195

第二二品 炸酱面	105
第二三品 卤煮	108
第二四品 炒肝	112
第二五品 小窝头	115
第二六品 茶汤	119
第二七品 核桃酪	123
第二八品 奶酪	129
第二九品 冰碗儿	132
第三〇品 杏仁豆腐	135
第三一品 金糕	138
第三二品 冰糖葫芦	141
第三三品 糖炒栗子	144
第三四品 烤白薯	148

第五九品　炸羊尾　255

第六〇品　羊肉泡馍　259

参考书目　264

图片参考素材供稿　265

第四七品 桂花鸡头米 204

第四八品 蟹黄汤包 208

第四九品 乌米饭 214

第五〇品 豆花饭 216

第五一品 过桥米线 220

第五二品 广东的粥 225

第五三品 腌面 228

第五四品 潮州牛杂 231

第五五品 潮汕朥饼 235

第五六品 海南鸡饭 239

第五七品 白水羊头 247

第五八品 爆肚儿 251

无贵贱　有高低

汪朗

戴爱群先生写美食，真是天上一脚地下一脚。前一本书谈的还是自创的蟹宴，绝对的阳春白雪。食材之贵重不必多说，就连图片中与菜肴搭配的食器，都是找人专门制作的，光是一个银火锅，成本就是好几万。转过头，他又写起了各地小吃，馄饨、包子、打卤面、青团、锅贴、小窝头……从原料到制作到味道，外带掌故逸闻，说的是有鼻子有眼，让人舌底生津，心驰神往。

其实，这也没什么可奇怪。南北大菜与街边小吃，本无贵贱之分，只要是美味，就值得去探究、去推介，这是美食家的职分，更是一种生活态度。只想着混迹于星级餐馆，只知道拿参肚鲍翅松露和牛唬人，充其量，只能算半吊子"美食家"。反之亦然。如若不信，可看看梁实秋、唐鲁孙、王世襄等美食大家的文章。

小吃虽小，说道儿不少。但凡中国人，总能随口说出几样中意的小吃，往往还与自己的某种经历有关。外国人中也有之。十多年前我去匈牙利采访，碰上一位汉学家，中文名字叫苏斯基，"苏联的苏，斯大林的斯，高尔基的基"，这是他自我介绍时的原话。这个苏斯基同志上世纪50年代中期便来华留学，在北京学习外贸。谈及往事，令他印象最深的居然是京城夜晚街头的馄饨摊。一来是馄饨中的肉馅少得可怜，只够尝尝味儿的（这一点戴先生在书中有所提及），二来是翻滚的汤锅中总有一只老母鸡在顽强坚守，始终不见售出，"我们都怀疑第二天锅里煮的还是同一只鸡"。这只寡淡无味的老母鸡，最后还是会廉价卖出的，不过要等最后一碗馄饨出锅之后，买者多是拉夜车的三轮车夫或剧团负责清场的勤杂人员。对他们来说，这已是不错的酒菜，好歹是块肉——这些陈年往事是听家里的老头儿汪曾祺讲的，我没赶上。

戴爱群书中所谈的小吃，也都与自己的经历有关，或是家人所做，或是饭馆排档探寻所得，还有一些，则是他与厨师共同改良的成果。比如，他在《打卤面》中说，他曾建议名厨张少刚用干松茸取代口蘑制作打卤面的卤，"吃起来委实妙不可言"。这一点确实不夸张，一些熟客吃完这种升级版打卤面，意犹未尽，还要另外点两份卤打包回家继续享用呢。戴爱群还和少刚师傅商量，用野生松茸和上好的茶油熬制成菌油，用来拌面，滋味绝佳。

戴爱群的这本书，有一毛病，就是有时说话过于直白。对于各地小吃，褒扬者固然很多，像他对扬州趣园茶社的面点就多有夸赞，但批评处也时而有之，有时还会棍扫一大片。比如，他在《炸糕》中，对京城炸糕的评语是："平淡无奇，乏善可陈"，这一棍子的力道着实有点大。要知道，北京南城某店的炸糕可是被一些美食编辑屡屡列为京城必吃的多少种小吃之一，而且附和者甚多。幸好，这家店的炸糕我买过两次，好歹尝过味道，说是"平淡无奇，乏善可陈"确实有点过，可换个说法："无甚高明之处。"清代袁枚的《随园食单》中有一《戒单》，总共列出了十四戒，其中之一为"戒耳餐"，何为耳餐？"耳餐者，务名之谓也。贪贵物之名，夸敬客之意，是以耳餐，非口餐也。"由是观之，戴先生的直白也可换个说法，就是"不务虚名，戒除耳餐"。这样做，可能不受一些人待见，但对得起自己，也对得起读者。

戴先生的直白还有不少体现。比如敢于宣称"本人不清楚"。虽说"知之为知之，不知为不知"乃千年古训，但做到这点并不容易。某些"美食家"遇到不懂的问题往往瞎对付，哪怕现查"百度"也绝不说出"不知道"三个字，免得丢了面子。戴爱群则不然。他在《炒肝》中说："炒肝至少有两个地方'名不副实'：一是名曰'炒肝'，其实是烩猪肠，肝的含量极少，不过稍事点缀而已。另外，明明是烩，'炒'字从何谈起呢？有人这样解释——古代的'炒'字有一个义项，是'熬'，即小火慢煮。我不是研究文字学的，是否真是如此，只能'姑妄言之，姑妄听之'了。"看来，戴先生探寻之后，对此答案仍不甚满意。现如今，写北京炒肝的文章成百上千，但是，有几人探究过炒肝之"炒"的渊源？又有几人查过之后仍存疑惑，要将其公之于众？戴爱群堪称孤家寡人。

为了让戴先生不至于太寡，在此提供一则信息。炒肝为何叫炒肝，爱新觉罗·瀛生先生在《老北京与满族》一书中有所解释。其大意为，炒肝是满族吃祭肉的习俗衍生出来的小吃，其中的"炒"本为满语。满语中的"炒"其实也是从汉语直接引入的，但是内涵更为宽泛，凡烹、炒、烧等都可用"炒"字，一些汤汁黏稠且比重不大的菜品、小吃，也可冠以"炒"字，炒肝就是一个典型。与之类似的还有"炒红果"，虽说乃熬煮而成，但余汁不多，故以"炒红果"称之。与炒红果制作工艺相同，同样是加糖熬煮而成的海棠、榅榜，因余汁较多，只能叫蜜饯海棠、蜜饯榅桲。此说似有些道理，可供戴先生参考。

算下来，戴爱群出版的美食文集已有六本，若是对照阅读，可以感觉到他的文章风格的渐变，从起初的"爱上层楼"逐步转向"欲说还休"。尖新用语虽然还有，但把控适度，不再频繁地"翻高腔"，如此一来，文字看起来更为平实，实则更有弹性，更能"挂味儿"。正所谓"包子有肉不在褶儿上"。这种文风上的变化，体现出戴先生对于中国美食有了更进一步的认识，对于美食文章写作也有了更深的体会。

戴爱群在书中，有一段关于各类小吃的总体评价："谈到口味的浓淡、轻重乃至料理的手段、风格，个人的观点是：温婉细腻是一种美，粗犷豪放同样是一种美；多数情况下我比较欣赏淡雅清新，但有的时候非浓厚热辣确实不足以尽兴。不同风格的料理之美既不能互相代替，也不必互相否定。但是，用粗制滥造混充豪放，以繁缛雕琢曲解细腻，不仅不美，而且很丑。"

这段话，用来衡文也挺合适。

自　序

《口福——今生必食的100道中国菜》出版之后，几次加印，使我鼓起勇气再写《口福二集》，几经斟酌，决定写写中国小吃。

小吃，不是筵席大菜，未必入大人先生们的法眼，却深入平民百姓的日常生活而最容易被忽视，最能体现地方饮食文化和民俗特色，最能引动游子乡思和故人的离情别绪。按照曾文正公的价值观，小吃"养活细民不少"（见黄濬著《花随人圣庵摭忆》第一八五条），从小吃的原料丰啬、口味轻重、品种多少、价位高低、网点疏密、卫生状况，可以略觇某一地区的经济发达程度、百姓生活水平乃至主政者的施政理念——就此而言，小吃不小。

余生也晚，虽然没有上过山下过乡，但也用过粮票、油票、副食本。我小时候，最逗人馋涎的就是那一桌年夜饭，从来没听说过什么生猛海鲜，烤白薯、煮老玉米、荷包蛋都算难得的零食；1972年，从北京郊区初到上海，吃到小笼馒头、宁波汤团、奶油蛋糕，真是诧为异味。所以，童年记忆中的美食，家常便饭以外，只能以小吃为主。

小吃，人人口中皆有，各地风味迥异，品种之多如恒河沙数，且外延难以准确界定。仅举一例：我以为最权威、最全面的《中国小吃》丛书（中国财政经济出版社出版）中，北京风味卷不收面条、月饼（在北京地区，面条被视为家厨主食，月饼则归类糕点），而上海风味卷、江苏风味卷共收面条十余款，还收入虾肉、鲜肉月饼（在苏沪地区，面条和鲜肉月饼在小吃店出售，极为正常）。本人无意在这本小册子中探讨小吃的学术定义，所以收录"小吃"，范围尽量从宽，只要觉得有话可说，有情可表，甚至作为零食的金糕和主食的玉米、白薯，也得以"混迹"其中。

赋性疏懒，年过半百几乎没有主动旅游过，出行多数是因公，偶尔呼朋引类出京一趟，无非贪图名茶美食，去苏州、潮州几个有限的所在。国内足迹未至者包括内蒙古、陕西、青海、新疆、西藏、台湾，故上述地方的小吃基本无从谈起；其他如广东早茶、广西粉、河南胡辣汤、山东羊肉汤之类传播广远，个人也喜欢，但并未在原产地久住，交集不过惊鸿一瞥，不愿率尔操觚，獭祭成章，只好付之阙如。

于是，几个小问题接踵而来：书中的小吃如果按照地区来分类，各地的品类数量差距过大，畸重畸轻；有一部分小吃如水饺、馄饨之类到处皆有，分不如合，最好一品只写一篇；面条品种丰富非常，又不得不分而治之——翻来覆去，治丝益棼，欲为本书觅一科学合理的结构已近乎痴人说梦。万般无奈，只好快刀斩乱麻，把小吃分成家常、北方、南方、清真四大部分，鲁莽灭裂，也在所不计了。

本书共收文章六十篇，涉及近百种小吃，写作时间从1994年到2023年，跨度近三十年之久，写作过程刚好也是我学习、研究饮食文化并逐步成长的过程；部分文字曾经在《北京青年报》《精品购物指南》等媒体的有关专栏用笔名和本名发表过，少作重整，感慨万千，敝帚自珍，斗胆收入书中，求教于大方之家。

笔者并非专业厨师，涉及小吃制作的专业技术问题重点参考、摘引了中国财政经济出版社出版的《中国小吃》丛书；其余参考图书亦开列目录，置于书后，特此声明。

感谢有关协会、企业、专业人士和我的朋友们为本书提供图片素材。

感谢肖洁女士在新冠疫情最严重的时期为本书创作精美插图。

感谢纪江红先生和三联书店的常绍民先生、廉勇先生、欧阳帆女士为本书出版所做的努力。

感谢师父徐秀棠先生为本书题签。

感谢汪朗老师多年以来对我一贯的理解、鼓励、支持和热心帮助，负责审读所有我的书稿，提出宝贵意见并赐序言。

癸卯二月十一日于燕京蒲庵

馄饨

第〇一品

馄饨是多数地区的叫法,广东称为云吞,四川唤做抄手,还有更小众的:福建叫肉燕,淮安叫淮饺;有一次在天津吃早点,小吃店的水牌上写着"菱角汤",一问,原来是小馄饨。

按个头儿大小分类,有小馄饨、大馄饨和"大小适中一口一个的馄饨"——最后一种最常见,花样太多,无以名之,只好杜撰一个。

北京老字号馄饨侯可以聊充小馄饨的代表,最主要的特点不单是体积小而且馅少得可怜,我亲眼见过包小馄饨的实操:工具是类似医生查看病人咽喉的压舌板,也有用筷子的,做法是一手用工具挑起一点点肉馅——似乎生怕食客能从面皮当中吃出馅心来——快速抹在另一只手上的馄饨皮中央，一攥即成。这种小馄饨煮好之后几乎就是一碗片儿汤，本身没什么吃头儿，滋味主要在长时间炖煮得雪白的猪骨汤和各色小料——葱花、冬菜、虾皮、紫菜，喜欢吃辣还可以放辣椒油。

大馄饨以上海的菜肉馄饨为代表，个头儿之大远远超过小馄饨，至少有广东云吞的两三倍大小，皮也稍厚。在我的印象中，小馄饨馅里没有放蔬菜的，大馄饨的馅心正相反，一定要掺青菜进去，没有纯肉的。

馄饨皮与饺子皮不同，都是从街上买现成的。记得小时候住在京郊良乡，想吃馄饨，只好自己擀皮。父亲用一根一米多长的擀面杖，吃力地擀出一张椭圆形的大面皮（与擀饺子皮不同，馇面要用淀粉），先裁成宽宽的长条，再叠起来，切成梯形的馄饨皮。

这世界上最讲究的馄饨皮无过于福州的燕皮，那是把新鲜的瘦猪腿肉用木棰捶成肉泥，撒上木薯粉，轻轻拍打成薄片，晾干制成（包馄饨之前再浸湿软化）。干燕皮和鼎日有的肉松都是福州名吃，便于携带、储存，在没有现代交通工具和冷链的年代，运到远方的异乡，自用，可慰乡思；送人，也是很好的水礼。福州把用燕皮包的馄饨称为肉燕，我

绉纱馄饨

上海绉纱馄饨是馄饨中的逸品,皮薄而透明,大小刚好够一口一只。

在福州街头的小店尝过,并没有什么精彩之处,莫非用的不是燕皮?

包括香港在内的珠三角一带喜食云吞面,讲究颇多,从老店到工艺传得神乎其神,包括制汤时要加入大地鱼,我却觉得黄色云吞皮和竹升面中食用碱的投放量过大,再精致的馅心,再清鲜的汤水,被如此浓厚的碱味一冲,美味程度总要打一个大大的折扣吧?

馄饨最常见的烹饪方法是清水煮熟,浸入汤中,用勺舀着连吃带喝。四川的红油抄手比较特别,是在碗中用红油、酱油、醋、味精调成味汁,投入煮熟、沥干汤水的馄饨,让馄饨沾满调料再吃。还有煮熟晾凉煎着吃或生馄饨直接炸着吃的。梁实秋先生记载了北京致美斋的一种奇怪吃法:"每个馄饨都包得非常俏式,薄薄的皮子挺拔舒翘,像是天主教修女的白布帽子。入油锅慢火生炸,炸黄之后再上小型蒸屉猛蒸片刻,立即带屉上桌。馄饨皮软而微韧,有异趣。"——当然,这是抗战前的话头了,这家老字号烟消云散久矣。

上海绉纱馄饨是馄饨中的逸品,皮薄而透明,大小刚好够一口一只,馅心不过是普通的猪肉,但新鲜且没有加过酱油，煮熟之后，透过面皮可以看到淡淡的粉红色的肉丸（如此俏丽的颜色在上海的小笼和生煎中也能看到，清清爽爽，赏心悦目，诱人食欲；所以到同在江南的无锡吃小笼包，冷不丁发现馅心中有大量酱油和白糖，毫无心理准备，立即产生难以承受的心理落差）。这样的馄饨三五只，置于如水的清汤中，点缀几缕金黄的蛋皮丝，数粒青翠的香葱花，连汤带水，半嚼半吞，口感之愉悦难以名状。

荠菜大馄饨是我的最爱。小时候缺嘴，希望馅心里面肉比菜多；如今则反之，喜欢菜比肉多了。仅就蔬菜的气味而言，我以为野生荠菜的清香是天下第一（所以鄙人始终搞不懂苦涩的芝麻菜为什么能让很多小资激动不已，当然，也忍受不了鱼腥草的腥味和泥土气息），但一定要有肥猪肉陪衬，不然香气难以舒发，且口感发"柴"，风味尽失；就是所谓纯荠菜馅，也要掺少许剁得稀烂的猪肥膘进去，以吃不出猪油味、只闻到荠菜香为最高境界。

我跟昆山银峰老鹅馆的陈总、曹总都是好朋友，每年深秋去吃蟹，总是承他们盛情款待。有一年到昆山却是暮春时候，曹总问我想吃点什么，我说想吃荠菜馄饨，不过有三个要求：荠菜要野生的，猪肉馅要手剁，汤要鸡汤。第二天，曹总很客气地跟我道歉,说是其他两点没问题,荠菜只能找到"半野生"的。话音未落,端上一汤盆馄饨,总共有十几只吧,只只硕大无比,汤鲜、皮滑、菜香,猪肉毫无腥臊之气,汤的浓度和温度、皮的薄厚软硬、馅心的菜肉比例和肉的肥瘦皆恰到好处,大家不过一人一只,浅尝辄止,剩下一半,我老实不客气都给"包圆儿"了——平生吃馄饨无数,这是最痛快的一次。

水饺

第〇二品

饺子，可煮、可蒸、可煎、可烤、可炸、可烙，面皮和馅心的品种不可胜数，写一本书也未必能说清楚，所以，这里只打算聊聊水饺。

我写美食的文字将近三十年了，写水饺还是头一回，原因很简单：不知道为什么，从小就不喜欢吃。

母亲是天津人，酷爱吃饺子，经过所谓"三年困难时期"的煎熬之后，更觉得饺子是天下第一美味；对我的"又馋又懒"本来就很有意见，又没能遗传她老人家对饺子的感情，更是觉得不可思议。

现在想起来，我家当年的水饺品类之繁、做工之细、滋味之美在北方人家里算是极为难得的。

猪肉白菜水饺是北方地区最常见的，但也有点儿要求——讲究用天津产的"锥子菜",外形颀长,叶子那头是尖的,叶青梗白;只取菜叶,剁馅之前要先焯一下,去掉菜腥气,这个品种的好处在于叶子有甜味,入汤开锅即烂;猪肉取前肩肉,肥瘦适中,最好手剁,不要绞馅。猪肉扁豆或芹菜馅做法跟白菜馅差不多,唯取材以初夏的嫩豆角、嫩芹菜为佳。

猪肉茴香馅带一股浓郁的异香,爱之者闻香停车,恶之者掩鼻疾走。

猪肉大葱馅太"粗糙"了,我家一般用来包发面包子,包饺子的概率极低。

三鲜水饺是家母的最爱,百吃不厌,内容包括韭菜、炒鸡蛋、水发海米(有鲜虾仁或对虾更好)、猪肉;冬天用韭黄代替韭菜,滋味大佳;秋天不吃,老太太认为秋韭菜是臭的,不堪入口。天津人似乎特别喜欢韭菜,除了饺子,还用来烙合子、蒸包子、炒菜。我对吃韭菜并不抵触,却讨厌吃完之后打嗝的臭味,饺子或馅料一旦剩下,放入冰箱,更是臭不可闻。为此不知道跟母亲争执过多少次,能不能少包点儿或少调点儿馅,结果是我一不在家,家里就大吃特吃韭菜馅。

一切北方的干菜似乎都可以入馅,我只吃过干豆角猪肉馅的饺子,太阳晒过的豆角的干香混合猪肉的油润,真

水饺

现在想起来，我家当年的水饺品类之繁、做工之细、滋味之美在北方人家里算是极为难得的

不难吃。

羊肉胡萝卜水饺里的胡萝卜擦碎之后，要先用素油煸出红油再调馅；纯羊肉馅饺子也好吃，打入大量的花椒水去膻味，煮熟之后馅料会缩成一个小肉丸加一兜鲜汤。

西葫芦含水量高，与茴香相反，本身并没有什么特别的味道，大概正是因为这一点吧，只会跟羊肉一起调馅，我似乎没吃过西葫芦猪肉馅。

蟹粉猪肉水饺以河蟹为主，偶尔也吃海蟹的，比三鲜馅的不知道好吃多少倍！没有螃蟹的时候，可用暮春时候带子的皮皮虾代替，一样美味。家母说这是天津传统的吃法。

还有一种素馅水饺是天津人大年夜吃的，馅料极为丰富，包括水发香菇、木耳、黄花菜、粉条、油面筋、香干、绿豆芽、香菜、姜末，调料除了盐、香油、味精之外要用到玫瑰腐乳和芝麻酱，可惜吃起来极其一般，跟付出的辛苦不成正比，做了一次之后就从我家餐桌上失踪了。

上述品种都是北方风味的，吃不到也不会惦记，有两款南味水饺却是我的最爱：冬天的冬笋猪肉馅和春天的荠菜猪肉馅。这在江南原本是做大馄饨或汤团的，被上海出生的家父移植到了北方，好吃的程度无法形容——冬笋和荠菜本身的鲜香味被半肥半瘦的猪肉激发出来，皮比馄饨薄，馅比馄饨大，同样可以放在一碗馄饨汤里上桌（寒舍的馄饨汤极为简单，寻常人家的厨房也能咄嗟立办：盐、味精、熟猪油、葱花置碗中，冲入开水即成）。这种吃法，从未在别处见过，也算我家的一种发明吧。

因为餐厅的饺子馅绝大多数都是绞肉馅，内容不明，我在北京的餐厅一般不点水饺；到了外地，朋友们盛情款待，就不能过分挑剔，偶然也有收获。东北的酸菜猪肉水饺就算很有特色了，但还赶不上青岛的鲅鱼水饺，馅里掺入少许韭菜和肥肉，面皮中似乎裹着一个鱼丸，香鲜嫩滑，略含汁水，一口一个，几乎是滑进喉咙的。听说大连还有一种海肠馅的水饺——那得鲜成什么样啊——虽然垂涎已久，可惜还无缘尝试。

发面包子

第〇三品

同样是发面的蒸食,我喜欢包子而不爱馒头,无他,贪图包子有馅耳。我有一位大学同学,大约是家里比较困难,到食堂吃饭,永远只买一个素菜和三个馒头——换了是我,无论如何是吃不下去的。

包子应该算是中国普及程度最高的面点了,我去过的地方不多,只能写下一点个人浅陋的见解。不过,无论是哪里的出产,总是皮欲其松软而薄,馅欲其饱满而香,两者配合得当,方称佳构。

天津是我的姥姥家,每次去小住,第二天一早,姥姥总是张罗着去附近的郭庄子买包子,以示对外孙子的疼爱。狗不理包子名气很大,其实天津到处都有包子铺,本地人反倒较少去照顾它的生意。

天津包子的馅是很肥的,但要求肥而不腻。制馅的时候打入相当多的猪骨汤,吃起来馅心并不瓷实,而是软乎乎的,介乎固体和半流质之间;调料无非酱油、香油、葱、姜、味精之类,谈不上有多么美味,不过入口确有一股特别的香味,为其他地方任何高级的包子所无,可见自有其独到之处。

我跟北京的包子"打交道"的时间始于上世纪70年代,从那时到现在,一直看不上北京大多数包子铺的出品。首先是馅料以猪肉大葱为主,葱比肉多,肉吃到嘴里黏黏糊糊,说不清是什么滋味,反正足够难吃就是了;就是这样的馅心,还小得可怜,关于北京的包子馅有个著名的笑话:"第一口没吃着,第二口没吃着,第三口过了。"更可笑的是,包子居然是事先大量蒸熟的——连狗不理的堂食都是现点现蒸,更别说讲究美食的南方了——放在一个巨大的"腰子筐箩"里,盖上厚厚的棉被保温;顾客递上买好的筹码或小票,服务员掀开被子,用夹子往盘子里夹,不知何时出锅的包子一个个被压得"歪鼻斜眼",惨不忍睹——就是再好吃的包子,经过如此这般的折腾,恐怕也只能对付着果腹了。

北京有没有好吃的包子呢？当然有。

一款是同和居的肉丁馒头，收口在底面，看起来就是一个馒头（包子古代就叫"馒头"或"馒首"，日本现在依然称包子或带馅的和果子为"饅頭"；现在的馒头古称"炊饼"，武大郎所卖的便是）；馅心是肥瘦肉丁，用黄酱炒过，滋味醇浓；面皮稍厚而极松软，而且"内容充实"，嚼起来口感大佳——惜乎不知出于什么缘故，早就不再供应了。

另一款是中山公园来今雨轩的冬菜包子，肥瘦肉末加切碎的川冬菜，炒熟，即为馅心；成品个头儿不大，吃口油润松软，咸鲜微甜，有川冬菜特有的香味。这种包子的难度不在技术层面，而在初加工：川冬菜中难免有较硬的老梗和沙粒，口味也偏咸，所以一定要采购整棵的，手工择洗干净，浸泡降低盐分，才能用来调馅——现在肯做这种"笨功夫"的店家越来越少了。冬菜包子断档已久，2021年恢复供应，我的学生罗镇专程买来以飨我，遗憾的是，与我记忆中的滋味相比，还有一点距离。

上海的小笼馒头名头响亮，而另一款深入当地日常生活的鲜肉大包，不知道是否由于特色不够鲜明，却行之不远。不知道现在怎么样了，上世纪80年代初，鲜肉大包是上海

三丁包

『三丁』，指的是肉丁、鸡丁、笋丁；将猪肉、鸡肉、竹笋分别治净，切丁，煸炒、调味之后勾芡，晾凉，即为馅心

早点的当家品种之一，每只一角钱，加一两粮票。大包的关键是猪肉必须没有经过冷藏，再有就是不放葱和酱油，调味只靠盐、糖、姜末；面皮薄厚适中，一口咬开，呈现出来的是一只粉红色的大肉丸子，咸中带甜，略含汁水，极具朴实无华之美，在我吃过的纯肉馅发面包子里，堪称天下第一。常见走在路上的小学生，手捧一只大包，边走边吃——今天看来，营养结构固然不够合理，但比起当时北方很多地区负责养家糊口的工薪一族，早点不过是豆浆、油条，可是幸福太多了。

得遇成都韩包子完全是机缘巧合。十多年前，忘了因为什么去成都，有一天起了个大早，乘车出门，大约要去郊区的景点吧，想找个早点铺打包，刚好路过韩包子的门前，外卖窗口没人排队，一问，只有牛肉包子，就买了几个，上车跟同行的朋友分而食之。在此之前，从未听说过韩包子的名号，吃牛肉包子的机会也很少，没想到味道相当不错，馅是纯牛肉，其中不含一点筋头巴脑，松软鲜嫩，越吃越香；印象最深的是馅心里散落着适量的碎川椒粒，既香且麻，不仅祛除了牛肉的膻味，味蕾时不时地就被它麻上一下，感觉很爽——平生吃包子多矣，这种感受，只此一回。

从1990年开始，我不止一次去扬州，每次都要吃早茶。扬州人号称"上午皮包水，下午水包皮"，对早茶的重视程度不输珠三角一带，经典的点心品种极多，做工细腻考究，口味咸甜适中，南北皆宜，三丁包就是代表作之一。所谓"三丁"，指的是肉丁、鸡丁、笋丁；将猪肉、鸡肉、竹笋分别治净，切丁，煸炒、调味之后勾芡，晾凉，即为馅心。平生最满意的一次早茶是在扬城一味旗下的趣园茶社，陈万庆先生亲自提调，用点心摆出一桌完整的席面，干湿兼备，冷热俱全，精彩纷呈。三丁包固然本色当行，豆沙包馅心细滑流沙，素菜包馅心完全取青菜的嫩叶，包子的外形也小巧边式，赏心悦目，充肠适口，整个过程根本是在欣赏艺术品。窗外园林，碧水垂杨，奇石苍苔，早茶吃到这个水准，令人不能不起观止之叹。

烧卖

第○四品

各地皆有烧卖,还有写作"烧麦""稍麦"的,读音大体相同,为求简单明了,本文统一写作烧卖。假使有人从没见过烧卖,又没法上网,怎么向该人介绍呢?我以为,不妨称为蒸敞口死面包子——"虽不中,亦不远矣"。

烧卖之美,相当程度上取决于外形。"都一处"是早年间北京城里唯一一家以烧卖著称的小吃店,号称乾隆初年开业。2007年前门大街改造之前,我还去过几次,对他家的炸三角印象深刻,猪肉大葱烧卖吃起来反倒口味平平。不过,"瘦死的骆驼比马大",老字号能两百多年屹立不倒,必有过人之处——"都一处"的烧卖皮制作工艺真是一绝,讲究用走槌(擀烧卖皮用的特殊工具,在普通的小擀面杖中间穿上一个槌状物)压出薄而圆的面皮,皮边上呈现二三十个花褶，形似荷叶，皮薄如纸，无论是面皮本身，还是包成的烧卖，乃至整个操作过程，都边式、漂亮，让人看着就那么痛快，仿佛三伏天吃了一大块儿脆沙瓤的冰镇西瓜。

烧卖形如石榴，美则美矣，却有危险，收口处层层叠叠的面皮蒸熟并接触空气之后，稍微冷却就会变硬——世界上肯定没人喜欢吃上一叠硬面皮，即使是美丽的硬面皮也不好吃；还有些地方是用烫面制皮的，只会使这个问题更加严重。为了解决这个难点，烧卖的馅心跟包子相比就多了一个功能——要能充分滋润面皮（有些地方把少量馅料堆在顶端开口处，也能起到这个作用；同时还能增添色彩，美化外形，也避免了吃到花褶部分只有面，没有馅）。过去哪里去找什么高科技的食品添加剂，最直截了当的办法就是让馅心足够肥厚，蒸制的过程中，油脂渗出，使面皮自然肥润。

所以，与包子不同，烧卖没有纯粹素馅的品种。我吃过的烧卖中，内蒙古的羊肉烧卖馅是半肥半瘦的肉丁儿，北京的猪肉大葱烧卖的馅料也够肥；苏州、上海一带的猪肉糯米烧卖的馅料中如果不拌入足量的肉和油，蒸熟冷却之后，内外俱硬，根本没法吃。

扬州的翡翠烧卖却敢以青菜制馅。

有清一代，食盐专卖，官督商销，五口通商之前，盐税在国家财政收入中占有重要地位。巡盐御史衙门所在的扬州聚集了大量的盐商，成为当时体制造就的商业富豪群体，其奢华生活几乎成为传奇，野史笔记、民间传说中真真假假的故事流传甚广。不过，"千里搭长棚——没有不散的筵席"，这种"鲜花着锦、烈火烹油"的好日子，从道光朝的两江总督陶澍改革盐政开始一落千丈，等到咸丰年间太平军兴，就彻底烟消火灭了。"千家养女先教曲，十里栽花算种田"，扬州早茶的点心和私家园林一起成为"繁花落尽"之后的些许遗存。

上世纪90年代，我就慕名去过富春茶社，国营买卖，只售"套点"，各种点心混于一笼，虽然比北京小吃店的出品精细不少，但总觉得"盛名之下，其实难副"，特别是鱼翅蒸饺中那根怒发冲冠的翅针，不知源于什么仿生技术，入口仿佛塑料，至今难以忘怀。直到认识了扬城一味的陈万庆兄，才品尝到淮扬细点的正宗。近几年再访扬州，早茶总是在趣园茶社，每次都能展示成席的精品而不雷同，据说可以保证一周之内绝不重样，放眼海内，除了广东早茶之外，恐怕难寻对手。

烧卖

1. 猪肉大葱烧卖
2. 翡翠烧卖
3. 鱼子烧卖
4. 猪肝烧卖

其他品种暂且放过，这里单说翡翠烧卖：个头儿不大，一口刚好一只；馅料只取青菜嫩叶，斩成细茸，以大量的猪油和白糖调味，油量大到蒸熟之后，油和糖完全浸透面皮，透出碧绿的颜色——不然，怎么能叫"翡翠烧卖"呢？难得的是，吃起来并不油腻；蒸锅的火候也见功力，每只烧卖都俏生生地伫立笼中，慢嚼细品，菜叶的清香犹存。唐鲁孙先生形容翡翠烧卖"碧玉溶浆，清馨芬郁"，大约就是这个境界吧。

人言"食在广州"，名下无虚，广东厨师用"偷梁换柱"的手法解决问题——干脆把面皮改为蛋皮，如此一来，烧卖皮想变硬都没有可能了。与此相应，烧卖的形状也变成了矮胖的圆墩儿，蛋皮软而且缺乏黏性，无法捏出造型，馅心就变成了一个坚实弹牙的肉丸或鱼丸，成为保证烧卖蒸熟之后屹立不倒的骨架；由于几乎完全敞口，烧卖上面可以放置蟹黄、鱼子、虾仁，身价大为提升。当然也有坚持用面皮的，其余特点则与蛋皮烧卖无异。这种烧卖流传甚广，我在日本超市里看到的速冻品居然也是大同小异。不过，我个人对此并不欣赏，主要是多数店家出品的馅心过于坚实，吃起来总觉得不过是个中心厨房流水线上制作的瓷实肉丸而已，根本不像手工制作的点心。

家全七福酒家的猪肝烧卖是个例外，馅心不过是肥瘦猪肉粒和虾肉粒，抟成肉丸；彻底舍弃面皮，每个肉丸上覆盖一片薄厚适中的猪肝，急火蒸熟，快速上桌；入口滚烫，肉丸松软不散，略带弹性，猪肝鲜嫩，软中带脆，一起入口，口感之美，难以言传。肥瘦猪肉粒、虾肉粒和肝片的材质迥异，一起蒸至恰好同时成熟，保证鲜嫩，虾粒、肉粒乃至肉丸的大小、肝片的薄厚想必都有固定的规格；蒸箱的火候更加要紧，过犹不及，必须精确到秒才行。我有一个学生，好食此物，家全七福的午茶单上早就没有了，临时情商，要看运气，每食一次，必生欢喜。

翡翠烧卖和猪肝烧卖，一北一南，堪称双璧。

第〇五品 油条

油条应该是国内覆盖面比较广的早点品种,"油条"是北京、上海的叫法,天津叫"馃子",杭州叫"油炸桧"。

传说发明权属于南宋时期的杭州百姓,由于痛恨冤杀岳飞父子的秦桧夫妇,于是用面团塑成两人形象,入油锅炸之以泄愤,名曰"油炸桧"(又作"油炸鬼")——"桧"是多音字,一般读作"贵",是一种有香气、主干笔直高耸、适用于传统木结构建筑的树木,用于人名则读作"会"。

油条的诱人之处在于两根面团粘在一起下锅,跟热油接触的表面松脆、焦香,两条之间的粘连部分柔软,带有一定的韧性,整体质地介于虚实之间,而且出锅之后稍微冷却一下方能达到理想的口感。从某种意义上说,油条很像传统手工面包房烤出来的法棍,适合作坊式的小批量生产,买回家

油条

把剩余的一截油条浸入豆浆，咸甜交集，酥脆的外壳裹上香甜的汁水，滋味实在是美

吃也不会影响品质——当然这得是水平够高的出品。

油条的咸味比较淡，加上明矾特有的涩味和面香，朴实无华而具有某种独特的诱惑力。

其酥脆口感源于加入面团的明矾，由于其中含有铝离子，据说能造成人智力的下降，不知哪一年终于被禁用，而代之以小苏打，于是再也吃不到酥脆、挺拔的油条了。

油条跟豆浆是绝配。上世纪60年代，在天津姥姥家，只记得豆浆有浓郁的豆香（后来搬家到北京，对清汤寡水的豆浆极不适应），而且有加盐（似乎是天津独有）、加糖两种吃法，小孩子自然喜欢加糖。吃到最后，把剩余的一截油条浸入豆浆，咸甜交集，酥脆的外壳裹上香甜的汁水，滋味实在是美。时至今日，一有机会，还要忍不住来一下。

中国地大物博，各地油条的创作风格也截然不同。计划经济年代，买油条除了钱，还要粮票。北京、天津都是一两一根，粗壮硕大，节俭的人一根油条加一碗豆浆就是一顿早点。上海人活得精细，粮票居然有半两一张的，估计是专门为买半两一根的油条准备的，第一次遭遇如此纤细玲珑的油条是上世纪70年代在小南门内乔家路路口的早点铺，让我这北方来的傻小子着实大惊小怪了一番。要说好吃，首推上海的"迷你版"，色、香、味、口感俱佳，天津的也不错，最差的就是北京的出品——永远赖唧唧、松泡泡、软塌塌，早起赶着上班的人吃了，准保一整天都打不起精神。

油条还有衍生品。杭州号称油条的故乡，而葱包桧（用薄面饼卷上油条、葱、甜面酱，烙一下）的"足迹"不出里门。流传最广的当推天津的煎饼果子，当然，被糟改得最狠的也是它，如今就是在天津本地，想吃一份中规中矩的出品也非易事。上海人在吃的问题上真肯动脑筋、下功夫：可以夹在大饼（一种不分层的发面烤饼，上面撒芝麻，有咸、甜、椒盐、葱油、豆沙等多种口味）里吃；可以做成粢饭团——糯米、粳米混合蒸熟，趁热裹入油条、白糖，双手捧着，边走边吃；最寒俭的吃法是剪成小段，蘸酱油吃，早餐时当作下泡饭（以隔夜的剩饭加水煮烂）的小菜——这可有个什么吃头儿呢？！

第〇六品　炸糕

复旦大学附属华山医院张文宏教授曾表示："绝不要给他（孩子）吃垃圾食品，一定要吃高营养、高蛋白的东西，每天早上准备充足的牛奶、充足的鸡蛋，吃了再去上学，早上不许吃粥。"

话题一出引发广泛热议，不少人说："我们家早餐都是喝粥，孩子也是，在北方不喝粥是吃早餐吗？"有的甚至说："早餐喝了半辈子粥，现在突然不喝粥了，不知道怎么吃早餐了。"（摘自腾讯网2020年5月9日）

依我看，这个问题实在没有什么好争论的，很多地方的传统中式早餐确实营养不足。在家吃的话，就是稀饭、馒头、咸菜、腐乳；去小吃店，无非豆浆、油条、烧饼。偶尔也会改善一下，了不得了，不过豆腐脑、馄饨、包子、（煎或煮的）鸡蛋而已。上世纪80年代末，王蒙先生有一篇名作——《坚硬的稀粥》，小说中，常年雇保姆的一大家子人（雇得起保姆，可见经济状况、社会地位都非底层），"几十年来"的早餐内容"雷打不动"，就是"烤馒头片、大米稀饭、腌大头菜"。小说的主题颇有争议，当时引起一场风波；有趣的是，从来没有人对食单的真实性提出质疑，足可证明我的观察和记忆大致不差。这户虚构的人家好歹吃的还是大米、白面之类的细粮，农村的情况我不熟悉，不敢瞎说，即使是北京市的市民，在上世纪80年代初，一日三餐，主食多数情况下还是要吃玉米面和麦麸含量较高的标准粉、毫无黏性的陈年籼米，而且是在蛋白质、脂肪和糖类摄入量严重不足的情况下，雪白的富强粉和晶亮带糯性的粳米只有逢年过节才会少量供应——想当年，人们既不用拼命减肥，也从不担心什么"富贵病"。

  这一点还有反面的证据，就是那个年代绝大部分人一旦有机会下馆子，首选一定是重油重糖的菜点，单纯的高蛋白过于寡淡，根本不足以抚慰长期匮乏的肠胃造成的生理乃至心理层面的饥饿感，当是时，哪里还顾得上什么合理的营养结构！出于同样的原因，各地自然创造出了一批以重油重糖著称的美味点心、小吃。

炸糕就是这类小吃的典型代表。

除了重油重糖之外，炸糕还有一个特点，就是耐饥——多数品种的面皮都用黏性很大的黄米或江米面制成，本来就不容易消化，油炸之后在消化道内停留的时间更长。这对需要减肥者当然大为不利，但对日常饮食缺乏油水的人，特别是体力劳动者来说，却是大大的优点。

最好吃的炸糕出在天津——耳朵眼儿炸糕名列当地三大名小吃之一（另外两种是狗不理包子和桂发祥大麻花，皆重油重糖——广义的糖包括淀粉——而滋味远逊炸糕），我从小不知道吃过多少次。特点是豆馅加入大量红糖，而桂花香味极浓；制皮的江米面经过发酵，兑入碱水，还能吃出发酵造成的酸味和一点淡淡的碱香。个头儿硕大，拿在手里沉甸甸的，馅料也给得足，趁热大口食之，酥脆软糯且不粘牙，香甜不腻，十分解馋。直到上世纪90年代，我去南市食品街还能吃到合格的出品。相比之下，北京的同类炸糕就显得平淡无奇、乏善可陈了。

但是，北京也有自己的特色品种——奶油炸糕。做法是开水和面，加入白糖、鸡蛋、奶油、香草粉，搅匀，搓成小球，按扁，炸至鼓起如球，撒上白糖即成。由于做起来麻烦，又卖不了几个钱，一般小吃店早就不供应了，我曾经拜托陈立新大师，在东来顺订制过一次，也许是现在好东西吃多了，并不觉得如何美味，不过是吃个新鲜而已。

山西的黄米油糕其实也是炸糕的一种，而且我很怀疑早期的炸糕面皮用的都是黏黄米（北京的名小吃驴打滚过去的主料就是黏黄米面，现在大概是因为黍的种植面积变小，几乎全部改用江米面了），黄米油糕很可能是炸糕的鼻祖。

黏黄米是大黄米的一种，古代称为黍，原生中国，驯化栽种的历史极为悠久，由于淀粉链结构不同，口感有黏和不黏之分，过去在北方比江米更容易得到，价格也便宜得多。

油糕的制皮工序很有特色，温水和面，上屉蒸熟，趁热放入盆中，蘸上凉水用拳头捥，捥至不粘盆为止；然后裹馅，馅心可以是豆沙、红糖、枣豆，甚至还有包入土豆丝、胡萝卜丝的；最后油炸。与南方的小吃相比，山西小吃总显得简朴粗犷有余，细腻优雅不足，我一贯比较偏爱前者（简朴粗犷也是一种风格，只是不如细腻优雅那么容易出彩，大巧若拙，并不是随便哪个人信手拈来就能达到的境界），但油糕是个例外——入口真是香甜（我只吃过豆沙馅的），尤其是黏黄米特有的质朴香味和绵软细滑的口感，跟江米完全不同，裹在酥脆的外壳中，不是一般的诱人。

豆腐脑·老豆腐·豆腐花

第〇七品

这三款小吃主料大同，辅料大异，同样朴实、温润、美味，是典型的平民小吃，虽然廉价，却令人百吃不厌。

主料皆为石膏点的嫩豆腐，以老豆腐最老，豆腐脑次之，豆腐花又次之，风味不同关键在于辅料。

豆腐脑平生不知吃过多少次，无非在嫩豆腐上浇以勾了芡的浓稠汤汁——北方称为"卤"，正所谓"戏法人人会变，奥妙各有不同"，不同地区、不同店家主要在卤上做文章，体现特色，招徕客人。

北京豆腐脑的卤主要靠羊肉片和泡发口蘑的汁水提味，勾芡之后再撒上口蘑碎块，浇上现炸的热花椒油，搅匀即成；传统的小料只有辣椒油和蒜泥，如今北京市售豆腐脑多有加香菜末的，不知始作俑者是谁，真是不伦不类。

京津密迩，津门的豆腐脑与北京差不太多，打卤的主料也是羊肉和口蘑，只是羊肉剁成肉末，还要加入水面筋丝和蛋皮丝，小料则增加了澥开的芝麻酱，吃口要丰富饱满不少。还有一款豆腐脑估计为天津独有，即所谓"虾子豆腐脑"，用虾子、手撕海蟹肉丝、水发木耳、粉丝段、香干丝、馃子碎块打卤，小料包括卤虾油、芝麻酱、辣椒油、蒜汤，《中国小吃·天津风味》（中国财政经济出版社1987年版，第113—114页）记载这种"豪华版"的豆腐脑为北塘镇北塘饭店独家经营，我在京津之间来来往往五十余年，从来没有吃到过，不知道现在还应市吗？

在家馋豆腐脑了，又懒得早起去小吃店，只好将就材料，自己动手。豆腐只有超市的盒装嫩豆腐（我一直以为北京是一座奇妙的城市，原因之一就是所有城区超市的豆腐都一样几乎没有什么豆腐味道，口感也差，有趣的是，只要到了郊区，随便走进一家农家乐，就能吃到豆香浓郁、老嫩适中的卤水豆腐，无论小葱拌还是炖肉，都很诱人），放入大碗，上笼蒸热；从东来顺打包的羊肉片和水发松茸片、黄花、木耳，连泡发松茸的汁水，一起入锅，滚开后加酱油调味，勾芡即成——这样的卤汁浇到嫩豆腐上，点一点辣椒油，滋味比北京市售的豆腐脑有过之而无不及。

老豆腐的主体与豆腐脑类似而含水量稍低，略微坚实一点——故名"老豆腐"。老豆腐不浇卤汁，只浇小料，内容包括澥开的芝麻酱、腌韭菜花（北京涮羊肉常用调料，很咸，有一种特殊的臭味）、碾碎调稀的酱豆腐汁、酱油、辣椒油、蒜汁。据被誉为"北京小吃大王"的陈连生老人回忆，"吃老豆腐大多配……锅饼、大饼、火烧之类"，过去"卖豆腐脑的是在早点时供应，而卖老豆腐的多为午后出摊"。（陈连生、萧正刚著《北京小吃——品味六朝古都的饮食风流》，台北如果出版社2011年版，第120页）这种小吃绝迹多年，看起来也确实没有什么吃头儿。

豆腐花与四川的河水豆花不同，主要是质地要细腻滑嫩得多，用筷子绝对搛不起来。天津人从来只说"喝豆腐脑"，而不用"吃"字，其实豆腐脑是喝不下去的，豆腐花的嫩滑程度倒是完全可以喝。如果说豆腐脑以浓厚诱人，豆腐花则以清隽取胜。我上世纪80年代小住上海南市，偶尔去早点摊喝一碗豆腐花，小料简单之极，无非榨菜末、虾米皮、酱油、辣油而已，佐以油条，带给我的满足感不输南翔小笼。

当年上海街头各种小吃店数量之多，北京真是望尘莫及，但似乎都不卖豆腐花，它只属于街头巷尾的临时摊点。

我对江南美食永远有无穷的兴趣,而早就没有了逛小吃摊的劲头。好在长三角一带大酒店的自助早餐往往有豆腐花的档口,同时供应坚硬而不酥脆的小油条——估计生坯是由食品厂统一供货,未加明矾——总算聊胜于无吧。

第〇八品 臭豆腐干

过去有句俗话，形容日子过得不错是"吃香的，喝辣的"。人对于香味的追求大约是与生俱来，可是各地各国偏有若干臭烘烘的食物，不少人甘之如饴。中国地大物博，通过发酵创作的臭味食物也着实不少。

著名的有北京王致和臭豆腐（属于腐乳类），经典吃法是抹在刚出锅的棒子面贴饼子或烙饼上，趁热食之。

广东人喜欢的梅香曹白、马友咸鱼，臭里裹挟着鲜美醇厚，可以干煎、蒸肉饼，加鸡粒炒饭也不错。

食臭的"状元"出在浙江宁波、绍兴一带，臭苋菜梗、臭冬瓜、霉千张都极咸极臭，尤其是霉千张，蒸熟上桌，臭气逼人，我从未吃完过，不只因为臭，也是真咸。

上海的虾油卤黄瓜，细若柳枝，长约寸许，咸、鲜、臭之外还有虾油特有的醇厚。冬夜以茶炉滚水泡饭，缩颈

湖南臭豆腐

在湖南湘潭吃到的臭干漆黑如墨,并不很臭,加剁椒煲熟,绵软,汁浓味厚而鲜,大概是臭卤里加了香菇、豉汁的缘故

而啜之，佐以两根虾油卤黄瓜，充肠暖胃，个中滋味，言语道断。

其余如北京的腌韭菜花和卤虾油、山东的虾酱、广西的酸笋，都是臭味中的小巫了。

不知道我的印象是否正确，最受欢迎的臭味食品当数臭豆腐干，主要分布在长江中下游地区，最常见的吃法是油炸（有的地方叫"油氽"，做法其实是一样的），佐以辣椒糊。

十四岁的时候去上海老城厢亲戚家小住，一天忽然从邻居家飘来一股鸭屎的臭味，原来是在炸臭豆腐干，当时"惊臭"的感觉至今难忘。后来有机会吃到，蘸上辣椒糊或米醋，入口并不太臭，也不好吃，却是吃了一块就想第二块——尤其是喝酒的时候。

大学暑假和同学观光南京，在夫子庙故意路过油氽臭豆腐干的摊子，害得生长京华的他们掩鼻疾走，我却趁机大嚼。

在湖南湘潭吃到的臭干漆黑如墨，并不很臭，加剁椒煲熟，绵软，汁浓味厚而鲜，大概是臭卤里加了香菇、豉汁的缘故。

臭豆腐干还可以蒸来吃，但缺乏炸制之后外酥里嫩的口感，我不喜欢。唯一的一次例外是在杭州老店知味观，几条极新鲜的小黄鱼下衬臭豆腐干，上撒泡辣椒碎，蒸熟，臭味、辣味与鱼香融为一体，扑鼻而来，极其开胃，被我三下五除二，一扫而光。

以臭豆腐干入馔，最有创意的案例在苏南一带，是家常得一塌糊涂的臭干炒芦蒿。芦蒿，又名藜蒿、蒌蒿，嫩茎含水量高，碧绿爽脆而有特殊的清香，一般的食材还真"压不住"那股味。不知道是哪位高人琢磨出来的，用少量臭干子切丝来炒芦蒿，以臭敌香，以浊配清，滋味之美，实在妙不可言。有用腊肉代替臭干子的，也能吃，但算不上神来之笔，意境平平而已。

不过，这种能切丝的臭干子质地紧实，与用于油汆的臭豆腐干似乎并非一种。

第〇九品　炸豆腐

就我个人的记忆，能比较自由地吃肉其实是近三四十年的事情，在此之前，国人多数情况下只能用植物蛋白代替动物蛋白，植物蛋白的主要来源是大豆（面筋也是植物蛋白，但要从面粉中提取，遗憾的是，面粉的供应跟肉类一样紧张），而直接吃大豆不容易消化吸收，所以豆腐的发明堪称中国对东方农耕文明的巨大贡献。古人称之为"小宰羊"，我以为很有道理，而且有切身体会——计划经济时期，伙食严重缺乏油水，往往用豆腐来充数，虽然买豆腐也要凭副食本，只有人民币没有粮票还买不成。

我印象深刻的豆腐小吃都不够精细讲究，而是引车卖浆者流的日常饮食。

最常吃的是天津炸豆腐。

母亲是天津人，偶一为之，儿时的我必吃得津津有味。说来寒酸，那不过是豆腐切成薄厚适中的三角片，炸至金黄。小料有两种：用盐水澥开的芝麻酱和蒜泥汁，趁热在炸豆腐上戳个小洞，用小勺把佐料灌进去吃。

由于麻酱、油当年都是限量供应，母亲总难让我尽兴大嚼，一饱馋吻，炸豆腐也就成了我儿时的恩物。也许是小时候肉吃少了，时至今日，我还是无肉不饱，偶尔烦母亲炸几块豆腐，端上桌还嗞嗞作响。尝尝，不坏，但似乎已不复当年的美味了。

北京小吃也有炸豆腐，却要煮着吃，比天津复杂得多。除了三角形的炸豆腐之外，还要加入炸绿豆面丸子（就是把绿豆面、泡软后切碎的粉条、胡萝卜丝、香菜末、姜末、五香粉、盐加水搅匀，抟成疙里疙瘩的小丸子，批量油炸），一起煮熟；汤极简陋，就是盐水加五香料包（其中有花椒、大料之类）。这种小吃是事先煮好，置于大锅或汤桶内，小火咕嘟着保温；客人把买好的现金收讫的凭证——小票或小牌交给服务员，由该人用大勺当面连汤带水盛入碗中，再浇上澥开的芝麻酱、辣椒油，撒一撮香菜末，由客人自行端走，找座位，取筷子或汤匙，才能开吃。

据说，炸豆腐和炸绿豆面丸子原来是两种小吃，不知什么缘故把两者煮到一口锅里了，我从小见到的，小吃店就是这么卖，名字就叫"炸豆腐"。

这种小吃谈不上好吃，但绿豆面经过油炸，再调以五香粉、香菜末、芝麻酱、辣椒油，依稀仿佛有一点儿肉的滋味——天津素锅巴菜的食材与此大同小异，素食而有荤味，大约正是这类小吃的价值所在吧。

炸豆腐没有单吃的，怎么也得来点儿干粮，多数情况是配火烧或者烧饼。

上海的油豆腐线粉汤也是如此，主要是用来配生煎馒头或者锅贴。

细粉汤的主料包括油豆腐（北方叫豆泡，是小小的金黄色正方体，比北方的炸豆腐蓬松很多）、裹入些许肉馅的百叶包和细粉（比山东龙口的粉丝粗一些）——江南毕竟比北方富裕，多少能见到一点儿肉了。油豆腐和百叶包是一直在汤锅里煮着的，客人交上竹质筹码之后，服务员把水发细粉烫一下，捞出油豆腐、百叶包，分别剪开，盛入碗中，再倒入细粉，浇以热汤，即成。

汤中些许鲜味的来源，我疑心就是盐和味精。此汤没有什么了不起的味道，但却饱含我小时候在上海感受到的市井生活气息，尤其是汤汁里上海自来水特有的漂白粉味和小吃店里飘荡的煤火油烟气，至今难忘。

第一〇品 烙饼

人生最初的十几年生活在计划经济体制下，最难以忍受的痛苦就是食材的品种极少，而且定量供应。比如粮食吧，具体数量记不清了，我们四口之家，细粮（包括粳米和富强粉）每月只有极少的一两斤，糯米更是春节才配给几两；主要是吃陈年籼米、标准粉，再有就是玉米面等杂粮——这还是北京市城镇居民享受的待遇，大多数国人是农业户口，粗粮能吃饱就不错了，过年都未必吃得上荤腥。

所谓富强粉，就是现在市场上常见的面粉，不含麸皮，蛋白质（也就是面筋）含量高，面团富于弹性，可以擀出很薄而有韧性的面皮；所谓标准粉，比富强粉含有更多的麸皮等杂质，蛋白质含量低，面团弹性差，擀出的面皮比较厚。同样用来包饺子，富强粉的出品就是薄皮大馅，面皮白而筋道；标准粉的出品就显得颜色灰暗，皮厚而缺乏弹性，看着就窝窝囊囊，不够精神。

好在当年的穷日子锻炼出无数主理家政的高手，厨房里那点儿事各家有各家的高招，总得想方设法让一家老小吃饱吃好。比如我们家吧，包饺子尽量用富强粉，标准粉可以做发面包子，再有就是烙饼。

制饼不难，先把面团擀成一张大面皮，在上面刷上少量植物油，然后反复折叠、擀薄，最后擀成一张圆形的大厚饼，直径比饼铛略小。饼的层数越多、刷的油越多，吃口就越香越酥润，但食用油的供应量是每人每月半斤，实在不够用，只能适可而止。

饼铛是一口平底低沿的铸铁锅，锅底比炒菜锅厚，升温降温都比较缓慢，这样才能做到稳定而温和地加热。北方的烙饼和锅贴、南方的生煎包都离不开它，北京人立秋那天"贴秋膘"，讲究吃炮（读如"包"）羊肉，也是在一口大饼铛上炮出来的——饼铛的功劳可谓大矣。

饼铛烧热，抹上一点油，就可以烙饼了；烙的过程中还要翻几回个儿。烙好之后，像吃披萨一样，切成一牙一牙的，标配是卷摊鸡蛋（平时鸡蛋里加葱花，春天香椿下来的时候就加切碎的香椿芽），喝稀饭；偶尔买一点酱猪头肉或肘子，切成大片，卷饼，就算改善生活了。

烙饼也能翻出花样，所谓炒饼是也。我家不是"老北京"，早年间虽然偶尔也会吃炒饼，父母不过随便炒炒而已，读了顾晓阳先生的《童年碎片》(《北京野事》，香港牛津大学出版社2019年版，第6页)，才知道北京小饭铺的做法还是有讲究的："大火热油炒肉丝和白菜，放盐，炒到六七成熟，把切好的饼丝放进锅里，铺在上面不搅动。然后改小火，盖上锅盖，慢慢焖。大蒜切碎泡在水里，等时候差不多了，揭开锅盖把大蒜汁和酱油浇上去，用大火，不停地翻炒一通，立刻香气扑鼻。"炒饼的技术难度在于：要使饼丝入味而不糟烂，口感干净利落、略带韧性，同时还要保证白菜丝不过熟，完全到位并不容易。在上述做法中，"焖"是关键步骤，大蒜汁则堪称神来之笔——我家炒饼从来不烹大蒜汁，可见不够正宗。

烙饼的升级版叫作脂油饼，那得用富强粉做，工艺也比普通烙饼复杂一点；成品直径比烙饼小，厚度变薄，层数变少，关键在于每一层都裹入加了盐的猪板油丁和葱花。烙的时候，随着板油和葱花受热，香味渐浓，馋嘴的小孩儿如我就有点儿坐不住了,往厨房溜达,心急火燎地等头一张饼;烙好之后,面皮被板油渗透的地方是半透明的,翠绿的葱花若隐若现,颇有些诱惑力。脂油饼本身有咸味,色香俱全,吃的时候根本不用配菜,有口稀饭就行,很快就被我消灭干净。

后来,服务业越来越发达,想吃烙饼,就去街上买现成的,饼铛早就不知扔到哪里去了。脂油饼,更是很多年没有吃过了。

第一品 锅贴

由于新冠疫情,羁旅日本京都一年有余。

不到京都,不相信本地人居然喜欢吃饺子,几乎每家超市都有冷藏的饺子出售,不少拉面馆也卖饺子,甚至还有专卖饺子的连锁快餐店——吃过一次才知道,日文汉字写成"餃子"的其实是中国的锅贴,我们常吃的饺子反倒被特地称为"水餃子"。

所有店家饺子馅的配方似乎都是一个师父教的(也可能根本就是从一个企业订的货):主要内容是洋白菜猪肉,肉少菜多也就罢了,关键是不懂得洋白菜一定先要用开水焯一下,并尽量挤去水分,然后剁碎,才能用于制馅——馅里菜汁过多,不仅口感松散,还有一股生洋白菜特有的气息(天津人称为"艮气味"),相当难吃。奇怪的是,京都的馄饨馅是纯肉的,而且不用绞肉机,完全手剁,滋味之美,放在国内也算难得。

家母是土生土长的天津人，所以我家的锅贴完全是天津风格，永远只有一种馅——羊肉西葫芦（西葫芦跟葫芦毫无关系，反倒跟南瓜是近亲；这种含水量高又没有什么特别味道的蔬菜用途比较窄，似乎除了跟羊肉搭伙做锅贴，就是做北京的小吃"糊塌子"）。西葫芦不是剁碎的，而是用一种叫作"礤子"的工具擦成短短的细丝，还要用盐"杀"一下，挤出水分，然后再开始调馅。

天津锅贴还有一个特点：捏褶的时候，中间捏紧，两头分别留着小口。这是为了煎的时候馅心容易熟，还是为了淋水、淋油的时候能滋润馅心，或者两个目的兼而有之，我就不知道了。这种锅贴的个头儿要比水饺小，也没有那么"胖"，而是略显修长，比较秀气。

那时电饼铛还没有发明出来，制作锅贴的厨具是古老、厚重的铸铁饼铛。当时卖饼铛没有带盖的，只能让蒸锅的锅盖"临时署理"一番。在煤气灶普及之前，热源只有蜂窝煤炉，调节火力全凭经验，吃一顿锅贴要比吃饺子麻烦许多。再加上计划经济时期肉和油都是定量供应（锅贴固然比饺子香，可是费油啊），所以我家吃锅贴，一年也就一两回。

锅贴没有干吃的，蘸醋之外，总是配稀饭，而且一定是粗粮，一般是小米或者绿豆稀饭。

平生吃过最美味的锅贴是在南京夫子庙的蒋有记。当时还在读大学，利用暑假和同学一起到长三角转了一圈，除了上海，南京、苏州、无锡、扬州、杭州都是初到。美食是此行的重要内容之一，这部分行程归我负责，事先当然做了功课，学生经费有限，只能以小吃为主线，记得南京的小吃名店还去了刘长兴和奇芳阁。蒋有记锅贴个儿大（体积得有北方锅贴的两倍），馅也大，牛肉馅饱含汤汁，鲜甜味厚。北方的锅贴都以薄皮为美，甚至用容易擀薄的烫面制皮，蒋有记正好相反，皮相当厚，但煎锅贴的火候到家，底面香酥带脆，口感大佳，使人觉得厚得有理。记得还喝了牛肉汤，大约是锅贴太过精彩吧，汤是什么滋味已经完全忘记了。

毕业之后去南京出差，想再膏馋吻，在秦淮河畔居然遍寻不着。那个年代手机都是奢侈品，更没有地图导航一说，时间有限，只得败兴而归。

打卤面

第一二品

唐鲁孙先生著有《打卤面》一文，条分缕析，眉目清楚：

> 打卤面分"清卤""混卤"两种，清卤又叫"氽儿卤"，混卤又叫"勾芡卤"，做法固然不同，吃到嘴里滋味也两样。……
>
> 打卤不论清混都讲究好汤，清鸡汤、白肉汤、羊肉汤都好，顶呱呱是口蘑丁熬的，汤清味正，是汤料中隽品。氽儿卤除了白肉或羊肉、香菇、口蘑、干虾米、摊鸡蛋、鲜笋等一律切丁外，北平人还要放上点鹿角菜，最后撒上点新磨的白胡椒，生鲜香菜，辣中带鲜，才算作料齐全。
>
> 做氽儿卤一定要比一般汤水口重点，否则一加上面，就觉出淡而无味了。既然叫卤，稠乎乎的才名实相

符，所以勾芡的卤才算正宗。勾芡的混卤，做起来手续就比氽儿卤复杂了，作料跟氽儿卤差不多，只是取消鹿角菜，改成木耳黄花，鸡蛋要打匀甩在卤上，如果再上火腿、鸡片、海参，又叫三鲜卤啦。所有配料一律改为切片，在起锅之前，用铁勺炸点花椒油，趁热往卤上一浇，嘶啦一响，椒香四溢，就算大功告成了。

吃打卤跟吃炸酱不同。吃氽（儿）卤，黄瓜丝、胡萝卜丝、菠菜、掐菜、毛豆、藕丝都可以当面码儿，要是吃勾芡的卤，则所有面码儿就全免啦。吃氽儿卤，多搭一扣的一窝丝（细条面），少搭一扣的帘子扁（粗条面），过水不过水，可以悉听尊便。要是吃混卤面条则宜粗不宜细，面条起锅必须过水，要是不过水，挑到碗里，黏成一团就拌不开了。混卤勾得好，讲究一碗面吃完，碗里的卤仍旧凝而不澌，这种卤才算够格，这话说起来容易，做起来可就不简单啦。(《酸甜苦辣咸》，台北大地出版社2011年版，第75—76页）

唐先生下笔如有神，如此精致讲究的家常美味，我每读一过，都不免垂涎三尺。

氽儿卤还有羊肉氽儿（可加酸菜）、茄子氽儿、扁豆氽儿、青椒氽儿诸般名目。

勾芡卤就丰富多了，据邓云乡先生回忆，有"香油卤（即素卤）、猪肉卤、羊肉卤、木樨（即鸡蛋）卤、鸡丝卤、螃蟹卤、三鲜卤（肉加虾仁、海参）等等"，"素卤不放肉和虾米，但要加香菇、口蘑、玉兰片等"。（《增补燕京乡土记》，中华书局1998年版，第664页）

打卤面在北京还能吃到，口蘑早就成了稀罕物儿，鸡汤早已被味精取代——反正多数人也吃不出来差别。我的朋友名厨张少刚还舍得用鸡汤打卤，我建议用干松茸代替口蘑，吃起来委实妙不可言。松茸鲜食远不如吃水发的干品，只有那样才能充分享受到这种珍贵食材清高丰富的香气、醇厚隽永的滋味——这一点，忙于追名逐利的耳食者流是永远无法体味的。

家母是地地道道的天津土著，所以我家的打卤面与北京迥异。

首先，虽然打卤，却叫作"捞面"。

其次，吃面之前先要上"四个碟子"，我家常做的是：

韭黄炒肉丝、香干炒肉丝、炒鸡蛋、糖醋面筋丝（天津的面筋与无锡、上海所产可以捏碎的空心面筋泡不同，块儿大而心实，形状不规则，扁塌塌的，颇具韧性，禁得起切丝烹炒；素食兼有肉味）。很多资料表明，四者之一是清炒（海）虾仁，但寒舍吃面从来没有上过。如果招待客人，这四道菜是用来佐酒的。

再次，北京吃炸酱面才配面码儿，打卤面只有卤；天津捞面则不然，面码儿大上特上，内容包括：白菜丝、菠菜末、绿豆芽、青豆（不是豌豆，是新鲜的毛豆）焯水、"心里美"或小水萝卜、黄瓜切丝。

卤可丰可简，最基本的原料与北京差不多，包括熟五花肉（不带皮）切片，水发的香菇、黄花、木耳，勾芡之后还要淋入鸡蛋液，点少许香油；跟北京版的不同之处在于最后不浇那一勺热花椒油，却用花椒、大料炝锅。

面条讲究一点可以手擀，多用切面，从来不用挂面——那是用来煮面汤或者叫炝锅面的。

吃捞面必须用一只巨大的海碗，碗底是面，四样炒菜各擩少许，再取面码儿，炒菜和面码儿的比例要各占到三分之一以上，最后浇上浓厚的卤汁，岗尖岗尖的一大碗，碗小了根本没法拌匀。早年间北京人吃混卤的打卤面严禁搅拌，讲究喝卤挑面吃，旗人家的小孩儿如果拌打卤面，会被长辈用筷子打手；天津人吃捞面则无此忌讳，事实上不拌也无法入口。

吃捞面，与其说是吃面，不如说是吃菜，尽管不过是家常菜。

如果手头儿刚好有新鲜的海虾仁，打卤时能放几个进去，就算高端享受了。据母亲说，她小时候吃过河蟹蟹黄打的卤，我们也就是听听而已。

第一三品

凉面

汪曾祺先生写过一篇散文《名优轶事》，名列榜首的是富连成科班总教习、一代名丑萧长华先生，述其俭德云：

> 萧老自奉甚薄。他到天津去演戏，自备伙食。一棵白菜，两刀切四爿，一顿吃四分之一。餐餐如此：窝头，熬白菜。他上女婿家去看女儿，问："今儿吃什么呀？"——"芝麻酱拌面，炸点花椒油。""芝麻酱拌面，还浇花椒油呀？！"

芝麻酱拌面是北京的传统凉面，做法极其简单：面条煮熟，在凉水里过一下，浇上用盐水澥开的芝麻酱和少许现炸的花椒油，面码儿只有黄瓜丝，拌匀了吃。初夏时节，不仅黄瓜脆嫩馨香，新蒜的香味（南方人以为是臭味）比编成辫子放到冬天的货色也诱人得多，而且辣得能让人倒吸一口凉气；如果是独头蒜，则辛辣更甚。持蒜在手，吃一大口凉面，咬一小口蒜，稀里呼噜，一碗面很快就能见底。汪先生还有一部短篇小说《讲用》与面有关，小说的主角郝有才是京剧团里打杂的"苦哈哈"，他有不少"名言"，估计来自北方民间，比如"吃面不就蒜，好比杀人不见血"——吃惯了苏式汤面的朋友一定以为荒谬绝伦，但用在芝麻酱拌面里，却是恰中肯綮——少了生蒜，这碗面的"灵魂"尽失。

做法简单且原料廉宜，大约是因为无利可图吧，这种凉面从未见过有餐厅售卖，都是家中自制，但的确是一款京味十足的民间美味——就我而言，不要说小时候，即便是见识过不少美食之后，吃起来依然觉得痛快淋漓，过瘾非常。

1977年，我家从京郊良乡搬到西城区月坛南街，离月坛北街的峨嵋酒家不远，每到夏天，总要吃几回他家的四川凉面，偶尔在一楼堂食，多数情况是母亲差我去买窗口的外卖。

峨嵋酒家如今在北京开了不少分店，上世纪七八十年代却只有一家，位置就在月坛北街和南礼士路交叉口的西南角，跟红塔商场共用一座楼，楼南边就是月坛公园的北墙，公园内有一座电视发射塔，估计商场就是由此得名的。酒家门脸儿朝北，一楼是散台，二楼是包间，我和家人夏天偶尔光顾一楼，就为了吃他家的凉面。

面条的横断面是圆的——绝大多数北京面条的横断面是长方形，无论是手擀面还是机制的切面、挂面——颜色淡黄，估计和面时加入了少量的碱水；煮到七八成熟就出锅，所以带一点硬芯，吃起来颇有咬劲。煮好的面条并不放入冰箱或"过冷河"，而是铺在案板上，浇上花生油，用手抖散，拌匀，同时用电风扇吹拂，降温，使水分适度挥发，面条不至于"抱团"。拌面的酱汁有两款，主要区别是辣与不辣。我喜欢辣的，酸、甜、咸、鲜、香、辣俱全，开始并不觉得有多么刺激，却是越吃越辣，直吃得头发根出汗，过瘾非常，遗憾的是，与之完全相同的味道，再也没有吃到过；不辣的那款，似乎比前者只是少了辣味，入口顿显苍白，魅力大减——辣味的诱惑，一至于斯，真是不可思议。不过，这种凉面的灵魂并非辣味，而是撒在面条中的少许深褐色的芽菜碎末，它不仅提供了一种与面条不同的"嚼头儿"，调剂了口感，而且腌制、发酵过程中产生的特殊的丰富香气大大提升了凉面的格调。

凉面是论盘卖的，一盘似乎要二两或三两粮票，因为实

鸡丝凉面

峨嵋现在卖的凉面与当年不同,主要是增加了鸡丝、黄瓜丝作面码儿

在美味，所以不需要任何菜品，少年时的我一顿吃掉一大盘毫无问题。夏天则开设外卖窗口，专卖凉面。母亲会差我拿着锅去买，还要带上两个广口瓶，分别灌装不同的酱汁。在家吃有一个好处，因为吃到后来实在太辣，可以配一大杯冰水，一口热辣，一口冰凉，另是一种风光。

峨嵋现在卖的凉面与当年不同，主要是增加了鸡丝、黄瓜丝作面码儿。查《川菜烹饪事典》（重庆出版社1999年版，第542页）确有鸡丝凉面一款，做法与峨嵋酒家大同小异，但辅料中不含芽菜末和黄瓜丝，代之以氽熟的绿豆芽。费了半天劲，终究也没弄明白峨嵋现在的凉面到底算是复古，还是创新。遗憾的是，配图只能呈现如今的出品了——"逝者如斯夫"，神仙也没有办法。

北京还有一家特色冷面馆，就是"延吉冷面"，上世纪80年代位于西四路口北边路西，记得还是座两层小楼，如今归属华天集团旗下，改名为华天延吉餐厅。据网络资料（疑似该店的官宣）介绍：

> 华天延吉餐厅是北京第一家经营朝鲜冷面的餐馆，创建于1943年。延吉冷面是最具朝鲜特色的风味食品，

以荞麦面、淀粉、面粉为主料，按照比例掺兑和面，挤成面条。用于拌面的汤比较讲究，面中有熟牛肉、麻仁、苹果片、（朝）鲜族泡菜、特制辣酱、醋精佐面，加入常年温度在10度的凉牛肉汤冲泡，冷面鲜香、酸、辣、甜、咸，五味中和，面条筋道滑爽，汤鲜宜人，提神，食之别具风味。

该店曾经是北京唯一的朝鲜风味餐厅，我虽然去的次数不多，但记忆深刻。面汤说咸不咸，说酸不酸，说甜不甜，说辣不辣，各种味道的配比着实有点奇妙。汤色较深，面滑汤宽，偶尔一尝，也还有点意思。时至今日，我吃过不知多少朝鲜或韩国风味冷面，但没有一种面汤跟他家一样，不知道是延吉地区的冷面就是这个味道，还是到北京之后有所调整。再有就是大碗中以汤和面居多，苹果就是薄薄的一片，牛肉也少得不够塞牙缝的。至于说面汤是凉牛肉汤，恕我"口拙"，从来没有喝出过牛肉味来。他家还有一样凉菜——拌辣肉，风味独到，与川菜、湘菜的辣味截然不同，北京也不多见，做法大约是把狗肉卤熟，手撕成条，然后凉拌；北京有的湘菜老字号过去也有类似菜品，已经多年不再售卖了，不知道该店现在是坚持用狗肉，还是改成牛肉了。

上海小吃名品甚多，个人也非常欣赏，惜乎凉面（当地称为"冷面"）殊乏佳构。我1983年的暑假去上海小住，父亲的一位表侄请我吃凉面，面条也是煮熟后用冷风吹凉的，没有四川或朝鲜凉面的弹性；面宽如韭叶而薄，调料以花生酱、芝麻酱为主，似乎还加了酱油、醋和辣油；辅料是不辣的榨菜丝和烫熟、晾凉的绿豆芽，吃起来实在乏善可陈。

凉粉

第一一四品

老舍先生有句名言："北京人夏天离不开芝麻酱！"

芝麻经过焙炒、磨碎，成糊状，就是芝麻酱。芝麻酱没有直接用的，都得先用凉水澥开，放点盐。

芝麻酱夏天重要的用途之一就是拌凉粉。北京的凉粉讲究用绿豆淀粉做，成品是一坨一坨的大块，吃的时候切成小方块；同类食品还有仿佛一条条小鱼的粉鱼儿和长条状的粉皮儿。吃法极其简单，就是和黄瓜（拌凉粉拍碎切块，拌粉鱼儿、粉皮儿切丝）、蒜泥、芝麻酱一起拌，加盐、醋、芥末。

我的儿童时代，夏天除了冰棍儿（只有所谓"奶油"、小豆、红果儿等可怜的几个品种，还用糖精代替白糖，偶尔溶化得不够均匀，就会吃到一口苦涩的糖精味），没有什么像样的冷饮，午睡醒来，有时候就拌一盘凉粉充数。

芝麻酱、黄瓜、新蒜的组合在老北京的夏季饮食中占有极为特殊的地位。拍黄瓜、芝麻酱面（手工抻面，煮熟，井水过凉）都靠它调味。当然，还有盐和其他的调料，如现炸的花椒油、开水焖过的本土芥末、醋等等。芝麻酱有酱香，黄瓜有清香，新蒜有辛香——混合一起，乃构成老北京夏季家常饮食的主旋律。

改革开放前，北京城四区规模较大、品种较多的小吃店只有西城区西四、东城区隆福寺、宣武区南来顺、崇文区锦芳等寥寥数家，其余店家要么品种少，要么没特色。上世纪90年代初，不知是北京和四川的哪两家机构合作，在西单路口北边路西利用地下人防工程开了一家天府豆花庄，座位多，品种丰富，川味浓郁，价格便宜，成为轰动一时的新闻。

四川古称"天府"，也是小吃大国，赖汤圆、龙抄手、钟水饺、叶儿粑、小笼牛肉、夫妻肺片……可算给北京人开了眼。我约同学去过不止一次，就是在那里初识酸辣粉，红苕做的粉条，酸辣爽滑，葱花翠绿，炸黄豆酥脆，跟本地凉粉的风格迥异。

不知什么时候开始，卖甘肃酿皮子的小摊遍布京城，我担心卫生，吃酿皮子只去离父母家不远的敦煌大厦——原来是甘肃省驻京办，后来大厦关门闭户相当一个时期，等重新开张，据说业主已经是酒泉钢铁集团了。他家的酿皮子柔中带韧，面筋酥软，菜丝爽脆，酸辣开胃，量大价廉——如果一个人吃，点上一客，基本吃饱。

酿皮子的主料其实就是面粉，制法是水洗面粉，洗出的淀粉和蛋白质分别蒸熟，前者做成类似凉粉的皮子，后者就是面筋，再把两者拌在一起——面粉还能一分为二，做出两种截然不同的口感，这也是长期农耕文明带来的生活艺术吧。

粉皮、粉丝类的食材不仅见于小吃，在中餐菜品里也多有应用，鲁菜的鸡丝拉皮、上海菜的粉皮鱼头、川菜的蚂蚁上树、粤菜的干炒牛河是其中的知名者——遗憾的是，这不在本书的讨论范围之内，这里就不多聊了。

绿豆汤

第一五品

京华夏长，酷热，十丈红尘，奔波竟日，傍晚到家，汗流浃背，心燥神烦，此时祛暑清心之功莫有过于绿豆汤者。

绿豆算粗粮，价极低廉，吃法家常，主要是绿豆汤、绿豆稀饭、绿豆水饭。北京地区几乎家家会做，家家必做。

熬绿豆汤特简单，绿豆淘净，多加水，熬至绿豆"开花"，将汤澄清，加冰糖、糖桂花即可；入冰箱，冰透更佳。有在汤里加明矾的，可保汤色淡绿而不变红，于营养层面却不可取。

一般情况下，只喝汤，不食豆。

剩余的绿豆和少许汤，加入大米，熬成粥，即为绿豆粥；加入大米饭略煮，即为绿豆水饭。

绿豆汤算清凉饮料，可随时取饮，粥和水饭则为正餐主食。葱花摊鸡蛋，卷烙饼，佐以绿豆粥或水饭，夏日傍晚食

上海绿豆汤

小碗中一汪无色透明的冰水，水中沉着一团掺着绿豆的糯米，还有莲子

之，确是旧时北方民间的一大享受。

北京的绿豆汤、绿豆粥、绿豆水饭都是家庭自制，街上没有卖的。

上海的夏天比北京热得多，其热不只在高温，更在高湿，闷热得让北方人喘不上气来。

1983年到上海过暑假，曾于酷暑中见街头有大书"冰镇绿豆汤"者，如获救命稻草。买得一碗，却和北京的大不相同——小碗中一汪无色透明的冰水，水中沉着一团掺着绿豆的糯米，还有莲子。喝一口，凉倒是凉的，绿豆、糯米、莲子也都好吃，但彼此并无瓜葛，汤则寡然无味。原来绿豆之类是事先蒸熟的，卖的时候临时再加入冰水而已。

后来到亲戚家喝绿豆汤，亦复如是，自无"惊艳"之感，问："汤到哪里去了？"亲戚瞠目不知所对。如此绿豆汤可谓名不副实之甚者矣。

《中国小吃·江苏风味》收入脱壳绿豆汤一款，制法是将绿豆略煮，去壳，蒸酥，凉透。糯米蒸熟。莲子去芯，烧酥；乌枣浸沸水，去皮、核；芡实烧熟；蜜枣切两片；酸杨梅、红瓜切末——上述原料拌匀成为果料。薄荷香精用冷开水调成薄荷水。把绿豆、糯米饭、果料、绵白糖装入碗中，冲入冷开水，洒些薄荷水，即成——上海的绿豆汤难道是它的普及版吗？

潮州人单取去壳的绿豆仁，煮成糖水，晾至半冷不热时取饮，名曰"绿豆爽"，其味淡雅宜人。

煮烂的绿豆去壳，过罗，加冰糖熬成绿豆沙，调入蒸化的琼脂，倾入大盘；冷凝后划成小块，即为绿豆糕，亦祛暑佳品。

第一六品

茶叶蛋·卤蛋

茶叶蛋是极平常、极普遍的小吃，几乎家家会做，各地皆有。

最早见到街头有卖茶叶蛋的是在上世纪80年代的上海，往往是一位瘦小的老阿婆悄无声息地坐在路边小凳上，守着一口不带盖的小锅，下面是小小的火炉，文火加热，保持锅里的卤汁微开，卤汁里浸着磕碎蛋壳的鸡蛋和茶叶，淡淡的五香味缓缓地散发出来。大约是因为上海的小吃品种丰富、网点密布吧，这种小本生意极其清淡，行人来去匆匆，很少有人留意其存在，看样子一天未必能卖完一锅。茶叶蛋也谈不上什么美味，只是吃个热乎劲儿，其实是吃不出茶香的。

真有茶香的茶叶蛋我见识过的只有两处。一是福建武夷山大红袍景区，大红袍母树生于峭壁之上，人们到此只能仰望一番。瞻仰已毕，就会发现咫尺之遥有一个卖茶叶蛋的摊点，自然以大红袍为号召，买来一试，果然有浓郁而奇特的茶香，香味当然不可能来自大红袍母树，但确实给我留下深刻的印象。二是我的老师赵珩先生家，舍得用上好的吴裕泰花茶做茶叶蛋——赵先生平时只喝某一较高价位的吴裕泰花茶，偶尔用来卤蛋，茉莉花香扑鼻，别有风味。

茶叶蛋卤汁的常规配方，除了茶叶之外，还要加入桂皮、八角、茴香、酱油，我家也不例外。有一次家母不知道从哪里学来了一个"秘方"：只用花椒和盐，连茶叶也免了（反正也吃不出茶香来），一试，味香色淡，远胜过去黑褐色的出品。后来我用四川红花椒代替北方花椒，香气愈发郁馥芬芳，吃起来也开胃爽口。

卤蛋本质上与茶叶蛋是一种食物，但大同小异——关键不在于去不去蛋壳，而在于卤蛋的卤汁可荤可素，茶叶蛋则没听说过用肉汁卤的。家住北京，吃到潮州卤水的卤蛋是改革开放以后的事情，而且只是作为一个大拼盘的配角，从未觉得有什么精彩。自家的卤蛋从小就吃，不过是红烧肉的衍生品而已，南方称作"元宝肉"的便是；偶尔讲究一次，先把煮熟剥壳的鸡蛋蘸上干淀粉油炸，使表面形成一层褶皱的外皮，再用红烧肉的卤汁烧至入味，是为"虎皮蛋"。

大约是上世纪90年代吧，台湾风味的卤蛋进入市场，一枚一枚的分别真空包装，方便出门旅行、野餐；而且口感紧实，非常入味，咸中带甜，很合我的胃口。

日本人也吃卤蛋，称之为"味付卵"，一般拉面馆都有供应，普通的超市也有售卖，价极廉宜。不过"味付卵"与中国卤蛋还是有区别的，一是溏心，二是颜色要浅很多。我一直没明白溏心蛋如何入味，看了相关书籍才知道原来是去壳之后放到日式高汤（日文叫作"出汁"，制作出汁的主要原料是昆布和木鱼花，但由于店家、厨师、季节、食材的不同，变化多端，讲究起来是无穷无尽的）里浸泡——很多烹饪上的窍门一旦说破，不过是"一层窗户纸"而已。

京都祇园附近的小巷里有一家"拉面锦"，我每次路过总忍不住要进去吃上一碗，面还在其次，主要是喜欢他家的卤蛋。卤蛋是多数拉面馆的标配，只要你点上一碗面，里边就会有一只或者半只卤蛋；"拉面锦"则不然，所有拉面品种都不配卤蛋，想吃的话只好另点。普通面馆单点卤蛋，每只大约六七元人民币之间，"拉面锦"则要十元以上——没办法，谁让他家的卤蛋好吃而且我以为是京都第一呢？我猜想，卤蛋美味无非一靠鸡蛋绝对新鲜，二靠煮蛋的火候恰到好处，三靠制作"出汁"的高成本和高水平——不过，能把鸡蛋卖出如此高价，还是令人敬佩的。

第一七品 鱼丸

最早接触鱼丸是上世纪70年代到上海亲戚家小住，父亲的姨母主理厨政，烹制的上海家常菜无不诱人食欲，其中就有一味鱼丸，是从小菜场买来的半成品，现在想起来是很粗糙的，还能吃出鱼刺的碎渣，略带腥味的鱼香极其浓重，吃法也简单，无非是充当砂锅什锦的食材之一而已，但已经给来自北京、从没吃过鱼丸的我留下了深刻印象。

上大学时读到了梁实秋先生的《雅舍谈吃》，其中描写梁太夫人做杭州鱼丸的手法细腻传神：

> 做鱼丸的鱼必须是活鱼，选肉厚而刺少的鱼。像花鲢就很好……剖鱼为两片，先取一片钉其头部于木墩之上，用刀徐徐斜着刃刮其肉，肉乃成泥状，不时地从刀

刃上抹下来置碗中。两片都刮完，差不多有一碗鱼肉泥。加少许盐，少许水，挤姜汁于其中，用几根竹筷打，打得越久越好，打成糊状。不需要加蛋白，鱼不活才加蛋白。下一步骤是煮一锅开水，移锅止沸，急速用羹匙舀鱼泥，用手一抹，入水成丸，丸不会成圆球形，因为无法搓得圆。连成数丸，移锅使沸，俟鱼丸变色即是八九分熟，捞出置碗内。再继续制作。手法要快，沸水要控制得宜，否则鱼泥有入水涣散不可收拾之虞。煮鱼丸的汤本身即很鲜美，不需高汤。将做好的鱼丸倾入汤内煮沸，洒上一些葱花或嫩豆苗，即可盛在大碗内上桌。……这样做出的鱼丸嫩得像豆腐。(《雅舍谈吃·鱼丸》)

其实，不只是杭帮菜，山东菜、淮扬菜都有这种"嫩得像豆腐"的鱼丸，我曾经在央视《满汉全席》烹饪大赛节目现场，亲见总裁判长高炳义大师手制鱼丸，手法干净利落之极。不过，这种鱼丸是作为一道汤菜上桌的，并非小吃。

潮州鱼丸不追求滑嫩，而以弹牙著称。讲究用海鱼，常见的有那哥（又名"丁鱼""狗棍"，学名蛇鲻）、鳗鱼、淡甲（鲕鱼）、墨斗鱼。据张新民先生介绍，潮州鱼丸的制法与牛肉丸有异曲同工之妙。大家都知道，潮州牛肉丸是用铁棒将牛后腿肉锤打成肉酱，再手工拍打、搅拌至起胶，然后挤成肉丸；鱼丸固然不用铁棒锤打而是刮取鱼茸，但依旧要靠手工搅打起胶、成型。鱼丸也好，牛肉丸也罢，要想得到或密实或脆嫩的弹牙口感，手工搅打的工序绝不能省；当然盐和蛋清也很重要，有的店家还会加入淀粉。（《潮汕味道》，暨南大学出版社2012年版，第100—101页）

我酷爱牛肉丸，鱼丸中比较欣赏墨鱼丸，除了爱它的洁白、细腻、弹牙之外，还因为有的店家会把墨鱼触角切成细粒，搅入鱼胶，丰富了鱼丸的口感。

福州鱼丸制作工艺难度最大，号称包心鱼丸。先要将鲜鱼肉剁成泥，加盐、水搅拌，再加入干淀粉拌成"鱼羹糊"，最后用此"鱼羹糊"包裹用猪五花肉和虾干、酱油捏成的肉丸，煮熟，调味即成。我曾经专程到福州街头的小吃店品尝肉燕和鱼丸，肉燕还不错，鱼丸外皮弹牙，内馅猪肉过于肥厚，一咬一口油，吃一个尝尝鲜还可以，再吃就没有胃口了。

2023年清明前到苏州喝碧螺春，从北京飞上海虹桥机场，入苏第一站是太仓，园林大师殷继山先生在南园边上的大还阁设宴，盛情款待。桌上皆为当地土产，既实且华，青螺黄鳝，陈酿新蔬，无不撩人。使我"一见钟情"的却是一味貌不惊人的鲚鱼圆，做法无非将凤尾鱼带骨剁碎，先制鱼胶，再籴成丸子，油炸后红烧，入口松软细嫩，充满凤尾鱼特有的醇厚鲜香，滋味之美，在余平生所食鱼丸中当考第一。

第一八品

年糕

奇怪的是，嘴馋如我，对年糕的兴趣似乎一直比较淡薄。北京的江米小枣年糕（只是在一坨年糕表面嵌入少量带核的小枣）、上海的桂花糖年糕应该是小时候过年常吃的，如今已经完全想不起来是什么滋味，只记得用油煎着吃比蒸熟的香软可口。

苏州的猪油年糕以做工细腻、重油重糖著称，而且分成玫瑰、薄荷等多种口味。我亲眼见过，艳红翠绿中大块的白色脂油"触目惊心"，据说正宗的吃法是挂上蛋糊，油炸，应该非常解馋吧——只是恨不相逢少年时，如今的我早就没有这么好的胃口了。倒是前几年，陪师父华永根在黄天源吃炒肉面——苏州朋友早上请吃面，从来不会一人只上一碗面，那天桌上就摆满了黄天源特产的糕团——留下深刻印象的却是猪油糕，糯米糕中间裹入大量的脂油丁和香葱，完全可以视为咸味的年糕。我这个初尝者总觉得哪里有点奇怪，但满口肥糯咸香，确实滋味甚美，欲罢而不能，不知不觉消灭了一大块。

年糕曾经在国人的节庆食谱中占有极为重要的地位，表面上是图一个生活"年年高"的口彩，究其实还是利用过年的机会改善伙食，吃一点含糖量高的细粮。所以，随着近几十年生活水平的提高——至少吃粮食和白糖不用发愁了，不少人还得了糖尿病——吃年糕的热情日趋下降，例如寒舍，每年多少总要买一点粽子、月饼点缀一下节令，大年初一的年糕却已经多年不吃了。

常吃的是年糕中的另类——宁波年糕。之所以称之为"另类"，一是它完全是用粳米制成，不含一星半点的糯米（几乎所有的年糕，都以糯米粉为主料，也要拼入一定比例的粳米粉，以求软糯中含有些许"骨感"，但只用粳米制作的年糕似乎只此一种），清爽利口；二是上海、宁波一带，一年四季都可以吃这种年糕，不需要特别等到过年；三是它的吃法花样极多，可咸可甜，可炒可煮，不只是一种点心，更是一种极富地方特色的家常食材。

我吃得最多的是荠菜肉丝炒年糕——碧绿的荠菜碎末沾在雪白的椭圆形年糕片上，色味俱佳；年糕的口感结实中微带弹性，少量肉丝恰到好处地增添些许荤味，以免寡淡，确实令人百吃不厌。

据说，宁波本地还有梭子蟹炒年糕，可惜没机会品尝。不过，当令的宁波梭子蟹脂凝红膏，蒸熟之后黏性仿佛溏心蛋的蛋黄，与年糕同炒，不仅味美，颜色配得也俏。

年糕汤我尝过两款，刚好一甜一咸。

吃咸汤是在上海甬府锦江店。总经理徐凌女士以堂灼野生大黄鱼款客，汤清而鲜，鱼嫩而香；不知道是谁想出来的，在汤中投入年糕块——野生大黄鱼的行情连年看涨，这可能是宁波年糕出世以来遭遇的最高礼遇了。

甜汤是桂花豆沙煮年糕。那还是上世纪90年代，我做美食编辑的时候，老朋友平一雷先生在北京鹭鹭酒家请客——当时"鹭鹭"的上海菜在北京是数一数二的，一味酱爆猪肝有口皆碑——记得老板陆心权先生还到包房里来打招呼。饫甘餍肥之余，大轴居然是一碗年糕汤。年糕切成骰子

荠菜肉丝炒年糕

碧绿的荠菜碎末沾在雪白的椭圆形年糕片上,色味俱佳;年糕的口感结实中微带弹性,少量肉丝恰到好处地增添些许荤味,以免寡淡,确实令人百吃不厌

大小的块，爽口弹牙；红豆沙是厨房自己小火炖酥的，甜味的浓淡、豆沙的稀稠都恰到好处，量不过小小一碗——遗憾的是，几十年过去，如此美味的年糕汤，再也没有碰到过。

粽子 第一九品

粽子古称"角黍",传说是为祭奠投汨罗江的屈原而发明的——传说而已,真正有文字记载的粽子见于晋周处的《风土记》。而流传有序、历史最悠久的粽子则是西安的蜂蜜凉粽子,有人认为唐"韦巨源食单"中的"赐绯含香粽子(蜜淋)"即是此物——特点是只用糯米,无馅,煮熟后晾凉,吃时用丝线勒成薄片,浇以蜂蜜、黄桂酱(白糖腌桂花酱)。

最大的粽子——大肉粽产于广西南宁,每只重约两斤,以肥猪肉、绿豆为馅,清香、软糯、甘润、膏腴不腻。

最小的粽子出在上海城隍庙,绿波廊、湖心亭两处皆有。长约寸许,形如枕头,火腿为馅,小巧清鲜。湖心亭以之为茶食,甚妙。

中国最有名的粽子都产在浙北杭嘉湖的鱼米之乡。嘉兴五芳斋的鲜肉粽四季供应,用筷子分夹四块,块块见肉,芬芳和润，酥烂嫩鲜，肥糯不腻。湖州诸老大粽子以洗沙甜粽见长，以豆沙、猪板油丁为馅并不稀罕，难得的是豆沙是洗沙——红小豆煮烂去壳，再加糖、熟猪油、玫瑰原汁炒至乌黑晶亮有劲。这种豆沙吃口香、润、细、滑——北京市场上的豆沙以机器磨碎加糖而已，干而不滑，香淡粒粗，哪里谈得上一个"润"字。

一贯看不上北京的小枣粽子，不仅是淡而无味，吃起来还要吐核，小枣煮过火了或生虫，则味道会变得十分怪异，败人清兴。日前无事翻闲书，发现屈原故里湖北秭归的粽子竟也是这路货色——北京粽子仿佛一下子"名正言顺"，神气起来。

幼时初到上海，看到当地人用酱油泡裹粽的糯米，往粽子里包五花肉，诧为异事——粽子难道可以是咸的吗？粽子里居然可以放肥肉吗？

当然可以，而且好吃。不过，我总以为粽子还是甜的好吃，糯米类的食品大率如是。最爱吃的粽子是豆沙馅的，红豆煮至酥烂，过罗去壳，加猪油、白糖炒过；粽子裹得要紧，箬叶特有的清新鲜香与糯米的软糯、豆沙的细腻甜香配合，断少不了猪油的浓腴——说来奇怪，南方不少糯米制

粽子

粽子裹得要紧，箬叶特有的清新鲜香与糯米的软糯、豆沙的细腻甜香配合，断少不了猪油的浓腴

的吃食都要加猪油,如八宝饭、宁波汤团之属,猪油绝不可少,似为甜糯食品的点睛之笔。

有一年端午,母亲从上海带回一点南货,我家的粽子裹出了六种花样,豆沙、红豆之外,还有鲜肉、咸肉、火腿、马兰头干的。马兰头是沪上春蔬,一般用来拌香干的,吃起来嘴里有点发麻,晒成干菜裹入粽子是乡下的吃法,没想到会如此好吃而味道难以形容,勉强要讲,只好说有咸鲜之外的异香。

粽子总以裹得紧为好,剥出来完整,半透明的糯米似乎凝成一体,软糯中略带弹性,口感才妙。梅兰芳先生的秘书许姬传回忆他家裹的粽子"包得松,煮得烂,馅大……馅有豆沙、枣泥、猪肉",颇为梅先生所欣赏。许先生家下厨的女眷多宜兴人,大约宜兴人裹粽另有独得之秘吧。许家端阳节用鲜蚕豆瓣裹粽,吃时蘸自家熬的鲜玫瑰酱,"白、青、紫三色颇为鲜艳"(《许姬传艺坛漫录》,中华书局1994年版,第559页),斯为最漂亮的粽子欤?

月饼

第二〇品

中国的月饼，大体可以分成三大类，以时下的影响力大小为序，应该是广式、苏式、京式。

四十多年之前，关于北京产的月饼（也有人说是桃酥）有过一个笑话。大意是一块月饼不知被谁丢到马路上，一辆载重汽车驶过，月饼没有碎，而是被压得嵌入了柏油路面。一群人用改锥、钢钎之类的工具都撬不出来。正在束手无策，过来一位老者，不动声色，用一根小棍儿一撬即出。众人惊诧之余，索观小棍儿，不过是一根北京产的江米条而已。似乎还见过一幅这一题材的漫画，老先生做中式打扮，颇传神。北京的点心，尤其是月饼之硬，可见一斑。知堂老人对北平的茶食颇少嘉许，看来是有道理的。

余生长京华，最早领教的是京式的"自来红""自来白"，不仅皮硬，馅料里包含大量的冰糖渣，嚼之有声，硬度之高可想而知。奇怪的是，北京产的提浆月饼外形接近广式，而制皮的工艺不同，皮厚且干硬（是自古如此，还是后来的"革新"，就不得而知了），以至于初尝亲戚从上海寄来的杏花楼蛋黄莲蓉月饼，香软油润，诧为异品。

最近几年，随着香港家全七福酒家在北京开设分店，终于吃上了他家的广式月饼。绝大多数酒店、餐厅的月饼都是委托食品厂加工，然后贴牌销售，"七福"的月饼却完全是餐厅自己的面点间手工制作，产量极低，也无意大张旗鼓地外卖，主要是中秋节当天送给来店里用餐的客人，偶尔也接受熟客的预订。馅料只有两种：双黄莲蓉和五仁。工艺悉遵古法，其中一道"炼糖"的工序竟然要提前半年开工，其余细节的繁难可想而知。成品皮薄而松软，个头儿硕大，估计四只刚好够老秤十六两。莲蓉纯用白莲子制成，细润幼滑，真有莲子的清香；我最爱的却是被很多人不齿的五仁，毫无市售俗品的各种果仁入口疙里疙瘩的毛病，而是酥软化渣，吃上就停不下来。我对月饼，早就兴致缺缺，没想到对他家的"五仁"一见钟情，虽然价格不菲，每年都会提前预订。

苏式鲜肉饼

酥皮,肉馅又热又鲜又香,靠近馅心的酥皮被肉汁浸润,尤其美味

苏式月饼区别于广式的主要特色是酥皮，馅料也丰富许多。

最早见识的苏式月饼，是在上海街头现烤的鲜肉月饼——食品店现包、现烤、现卖，门前永远排着一小队顾客，似乎专门烘托热月饼特有的香气，每出一锅，顷刻售罄。酥皮，肉馅又热又鲜又香，靠近馅心的酥皮被肉汁浸润，尤其美味。还有在肉馅里加虾仁的，体积比鲜肉的大一倍，也很不错。

王稼句先生所著《姑苏食话》对历史上的苏式月饼介绍甚详："其花色品种繁多，以口味分为甜咸两种，以制法分为烤烙两种。甜月饼以烤为主，品种有大荤、小荤、特大、大素、小素、圈饼等，其味分为玫瑰、百果、椒盐、豆沙四色四品，还有黑麻、薄荷、干菜、枣泥、金腿等。……咸月饼以烙为主，品种有火腿猪油、香葱猪油、鲜肉、虾仁等，其味各有千秋。苏式月饼的精品有清水玫瑰、精制百果、白麻椒盐、夹沙猪油等。"（苏州大学出版社2004年版，第255页）

每读这样的文字，总会觉得与李笠翁、张宗子、董小宛、沈芸娘辈擦肩而过，一瞥惊鸿，怅惘久之。可惜我从来没有中秋节前后去过苏州，像这样可以入诗入画的月饼，现在还能吃到吗？

知道云南的宣威火腿月饼，是因为上大学的时候读了汪曾祺先生的散文：

> 昆明吉庆祥火腿月饼天下第一。因为用的是"云腿"（宣威火腿），做工也讲究。过去四个月饼一斤，按老秤说是四两一个，称为"四两砣"。前几年有人从昆明给我带了两盒"四两砣"来，还能保持当年的质量。（汪曾祺《昆明的吃食》）

后来承蒙云南的朋友每年都有所馈赠，得以大吃特吃，咸甜适中，酥软香润，名不虚传。有趣的是，"四两砣"的面皮和外形很像北京的"自来红"，我一直怀疑它与京式月饼系出同源，至于到底是云南人改变"自来红"馅料的同时也改良了制作工艺呢，还是北京方面失坠了传统呢，我不敢妄下定论，望博雅君子有以教我。

昆明有订制月饼的服务，据制饼师傅的说法，新腿陈腿滋味不同，制馅时最好是新、陈按一定比例混搭，当然馅里加不加陈腿，价格是不一样的。

"四两砣"这几年也与时俱进，一是个头儿变小，二是馅料中掺入玫瑰花瓣，腌腿配鲜花，滋味竟自不恶。

有一年，北京欣叶台菜的台湾朋友送给我一盒台湾手工咸味月饼，个头儿比苏州的大，体量与大块儿的广式月饼相仿佛，外形也是方中寓圆，却是酥皮的，堪称月饼中的另类。

皮，层多而薄，其薄如纸，稍一触动就片片分离，入口即化，酥软不腻。稀罕的是馅料，计有四款：

"私房五仁"以金华火腿拌炒古早橘饼、橄榄仁、松子、杏仁、瓜子仁儿，经由手工切碎再以橄榄油烘焙搅拌，加一点咸蛋黄碎，甜中带咸，橘香淡远；

"知味咖喱"则是将咖喱反复爆香，掺入猪肉、油葱、肉脯、白芝麻、冬瓜，香辛微辣，辣而不燥；

"馨绿香兰"在白凤豆（肾脏形的乳白色豆子，利马豆的一种，原产南美洲）豆沙中拌入揉制过的南洋香兰叶，甜而不腻，细润绵柔，余韵有一抹淡淡的馨香；

"干贝菜脯"以干贝丝和台湾菜脯（萝卜干）为主料，再辅以猪肉、冬瓜、白芝麻、肉脯、白凤豆沙——咸菜做的月饼馅，在我也是初尝。

品尝台湾来的月饼，平生只此一回，泡一壶醇酽而充满热带水果香气的台湾苗栗"东方美人"乌龙,那年中秋的味道很浓。

我理想的月饼直径最好不过两寸,薄厚适中,皮薄馅多而软,不要太甜太油。如果是咸的,荤料要鲜香量足,咸中带一点甜味;如果是甜的,莲蓉就是莲蓉,果肉就是果肉,果酱就是果酱,而非其他什么代用品。这样的月饼,不一定等到中秋才吃,做餐后的点心或茶食都好。

第二十品 玉米

小麦、水稻等粮食作物，都需要打场，再经过一系列后续加工之后才能食用，玉米的好处在于从秸秆上掰下来可以直接加热，或烤或煮或蒸，只要熟了，就能入口。按寒舍的饮食习惯，蒸熟的整个儿玉米棒子不算正餐，只是一种小吃而已——夏天新摘下来的玉米，籽粒不很饱满，鲜嫩清香，还是很好吃的。

我小时候，每月凭粮票去国营粮店买回的粮食，有相当一部分是俗称"棒子面"的玉米面，由于磨面的时候没去掉种皮，吃起来粗粝非常。我有一位七十多岁的忘年交谭先生，正经是老北京，痛恨以玉米面为代表的一切粗粮，别说吃，一提起来就"上火"，说是"刺嗓子"，年轻的时候吃够了。

玉米面的主要吃法就是蒸窝头，有人开玩笑，称之为

"黄金塔"——名字再漂亮，吃窝头咸菜，在北京也是过穷日子的象征。嫌做窝头麻烦，也可以把玉米面做成椭圆形的饼，蒸或者烙熟，即为贴饼子。贴饼子还有"豪华版"，天津人叫作贴饽饽熬小鱼——在铁锅里用"家常熬"的办法熬一锅底小杂鱼，同时在锅的侧面贴一圈玉米面饼子，盖上锅盖，小火慢熬；等鱼熬好了，饼子也烙熟了，底面有一层锅巴，而且其中渗入熬鱼的香味，用饼子蘸鱼汤，再配上酥烂入味的小鱼，比干吃容易入口得多。家母是天津土著，吃窝头的时候喜欢包几个羊肉胡萝卜馅的饺子作为配菜，也是为了使窝头容易下咽。

京郊农民对付玉米面另有高招。一是菜团子。野菜或萝卜缨切碎，也有用红皮白肉的卞萝卜切丁的，调味最好是头天吃炸酱面剩下的炸酱，里边带一点肥肉丁，搅成馅；在玉米面中掺入少许面粉，和成面团，包上馅，搓成团，上屉蒸熟。如今这是农家乐常见的主食之一，但并不好吃。二是烀饼。鸡蛋炒熟，加虾皮和切碎的韭菜，用盐和味精调味；玉米面加少量水，和好，在饼铛中摊成薄饼，再把馅料均匀地摊在饼上；小火慢慢烙熟。玉米面几乎完全变成了锅巴，吃起来香酥中带一点脆，偶尔吃一回还有点意思。

丝糕是甜食，一年难得吃上一回。做法是在玉米面中掺入适量的白面和少许糖，还要加入面肥（即家家户户自己保存的酵母菌菌种），和面成团，等面"发"起来，把整个面团上屉蒸熟，切成一牙儿一牙儿的吃。这算是玉米面的高级吃法了，当时白糖难得，多数情况下是放红糖，舍不得放糖的话，在面团表面嵌上红枣也行。我家在良乡的时候住一栋上世纪50年代盖的简易楼房，只有两层，楼梯是露天的，在楼的两侧，上楼之后是一条没有顶棚的阳台兼通道贯穿二楼东西。我们这栋楼的阳台面对一棵大槐树，暮春时候，槐花盛开，馨香扑鼻，用装有铁钩的长竿把槐花钩下来，洗净之后和入丝糕的面团，蒸熟，是为槐花糕，我只尝过一次，并不是如何的美味，但在物质匮乏的时候，不失为一种难得的兴味。

玉米面还能熬粥，但不好喝，而且不耐饥，还得配其他的主食，比如包子之类。东北地区把破碎的玉米粒叫苞米楂子或大楂子，如果不去种皮，煮成粥，比玉米面粥还要难喝；如果是去了种皮的，则是粗粮中的隽品，入口既香且滑，给我一点酱菜，可以消灭几碗。

玉米原产美洲，传入中国之后，先民也培育出了我们特

玉米

或深或浅的紫色籽粒毫无规律地镶嵌在白色籽粒中间,漂亮,而且又香又嫩又糯,吃起来微带甜味

有的品种,可惜未能大面积推广。秦晖先生是我素来尊敬的历史学家,最近读到他的一篇网文《可怜的糯玉米》,记录了他在广西田林插队时的一段经历,文中详细介绍了我国的糯玉米,原文摘引如下:

> 当时深山里种庄稼兽害严重,野猪、猴子常出来糟蹋玉米,当地有一种祖上传下来的品种,那玉米棒长得歪瓜裂枣其貌不扬,其籽粒有黑色、蓝色或紫色的,据说可使猴子见了以为是霉变的,就不会去吃,以此避免兽害。但是上面不让种这种玉米,说它低产,种了影响产量。
>
> ……现在人们都知道玉米是美洲新大陆作物,却鲜有人知道糯玉米并非美洲原产,而是玉米传入中国后,在广西、云南一带自然变异和人工选育成的。西方的糯玉米也是清末(1908年)长老会传教士从这里传过去的,所以现在又叫"中国玉米"(Chinese Maize,拉丁学名 *Zea mays L. sinensis Kulesh* 也是"蜡质玉米中国种"之意)。田林正处于桂滇糯玉米原生带,地方志记载1940—1950年代曾经盛产糯玉米,品种有白糯、花糯、黄糯、黑糯和平雄糯等,产量曾占当时玉米总产的

很大份额。

糯玉米今天以味美价高著称,本应算是这里的名优特产。但插队那时,我们只在农民的自留地里见识过它,生产队的大田是禁种的,理由一是产量低,二是太好吃了——如下所述,好吃是那时评价粮食品种的一大"缺点"。

……今天的年轻人或许难以置信:当时肯定一种"良种"值得推广,往往要夸它"直链淀粉成分高""出饭率高""顶饱"。这些说法换成俗语就是"难吃,能抑制食欲",类似文言的"粗粝"。如果粗粝而又高产,那就绝对是要大力推广,乃至强制推广的良种了。

我第一次见识糯玉米是上世纪70年代在上海的亲戚家里,颇有一点惊艳的感觉——个头儿不大,也就是成人巴掌长短,或深或浅的紫色籽粒毫无规律地镶嵌在白色籽粒中间,漂亮,而且又香又嫩又糯,吃起来微带甜味,跟北方金黄的老玉米滋味的差别几乎使人怀疑它们竟是同一个物种。

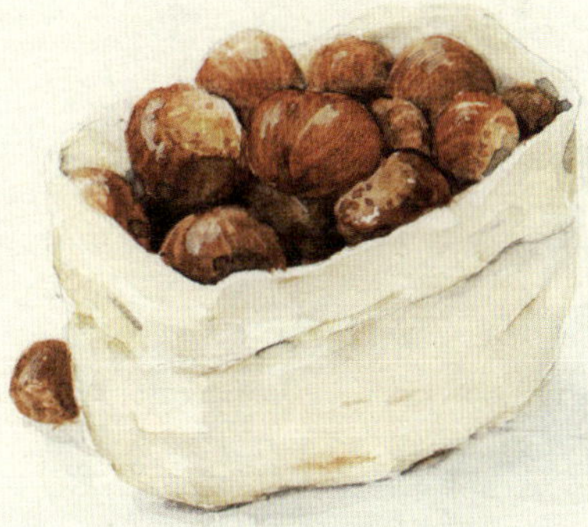

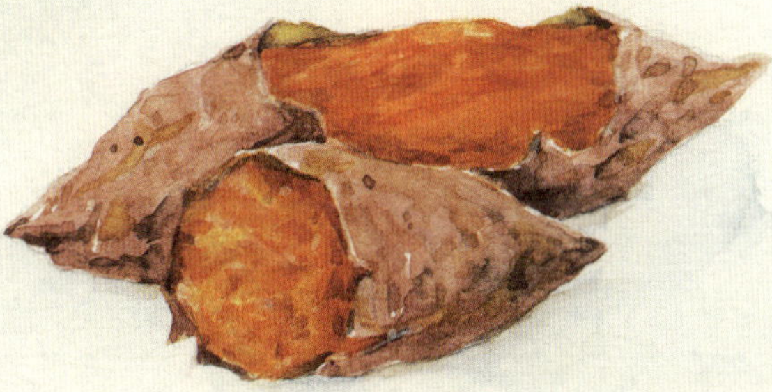

炸酱面 第二二品

北京的炸酱面有三要素：炸酱、面条、面码儿。

炸酱有单用黄酱（以黄豆发酵而成）的，有黄酱掺甜面酱（用白面馒头发酵而成）的。如果用干黄酱，要先加水调稀；用稀黄酱也要稍加一点水。

肉就是去皮五花肉，切小丁。有人为了俭省，只放少许肉末，滋味损失不少。不喜欢吃肉，可用炒鸡蛋切丁，还可以加海米；也有肉丁之外，再掺入茄子丁的。

所谓"炸酱"，根本不是炸出来的，而是用文火素油（最好是小磨香油）把酱慢慢浸熟。先起油锅，烧热，下葱花、姜末，煸出香味；再下肉丁，加黄酒煸炒；下黄酱，改小火，翻炒约半小时，加一点糖，出锅。北京人吃炸酱讲究"小碗儿干炸"——三口之家吃面，只炸一小碗酱，不怕麻烦，小火慢熬，不停搅拌（否则会糊锅），使酱里的水分蒸发一部分，肥肉里的油脂渗出，用油把酱浸至熟透，香气扑鼻，诱人食欲。而饭馆里的炸酱都是批量供应，大锅熬，功夫不到家，不可能有如此精致的家常风味。

面条讲究吃抻面，到小饭馆、二荤铺吃面，由专业厨师抻，手法如电视上见到的抻龙须面，抻出的面条叫"大把条儿"；多数家庭主妇没有专业训练，只能把和好饧透的面团擀成薄片，切成窄条，用手一条一条抻长，下锁煮熟，叫作"小刀面"。将就的话，可以用切面代替，永远没有用挂面的。

冷天吃面，喜欢热乎，煮熟后直接挑入碗中，称为"锅挑儿"；热天则必须先用凉水过一下，如有现汲的井水更好，既能降温，又使吃口爽利，叫作"过水"。

面码儿种类越多越好，加工不厌其繁，内容随季节调整，生食的有黄瓜丝、小水萝卜丝、心里美萝卜丝、胡萝卜丝、青蒜末等。焯过或烫过再吃的有：绿豆芽（讲究的要掐去头尾，称为"掐菜"）、豆嘴儿（水泡至刚露一点芽的黄豆）、芹菜末、菠菜末、白菜丝、香椿末等。我的老师赵珩先生家厨的面码儿尤其讲究，与众不同之处在于一定要有一小碟蛋皮丝。

这样五颜六色的面码儿分别装入小碟,可以摆满一个八仙桌面,面未上桌,已自先声夺人。且荤素搭配,营养均衡,既解馋又清口,可以会亲,可以款客,而所费无几,颇能迎合一部分生活窘迫的北京人特别是落魄旗人爱面子的心理——我一直疑心炸酱面就是这个特殊的社会阶层发明、推广的。

早年间,老北京正经下馆子请客吃饭没有点炸酱面的,那本该是"男主外,女主内"时代家庭主妇的手艺,白案大师傅怎么着也得给您上一份三鲜伊面。现在市面上招牌特意标明"老北京"三个字的多数与老北京水米无干,店里供应的大锅炸酱面也不可能好吃到哪儿去。厨师也是没辙,就算功夫到家,都上"小碗儿干炸",也确实忙不过来,再说,老板的利润又打哪儿来呢?

天津也有炸酱面,也不知道生长津沽的家母做得对不对——只用甜面酱炸酱,闻着有种俗气腻人的酱味,且不鲜,远非炸黄酱可比,我是真不喜欢。

(此文参考了邓云乡著《增补燕京乡土记》,中华书局1998年版第661页的部分内容)

第二三品

卤煮

前一段时间在网上看到一个南方美食写手的长篇大论，主题是北京的饮食从古到今是何等的糟糕，最突出的例证就是尽人皆知的"黑暗料理"：卤煮。当下北京餐饮的表现确实与这座城市的历史、文化、政治、经济地位严重不符，遗憾的是作者的观点失之偏激，而那些作者以为美食兴旺发达的地区也有各自的矛盾、隐患，这个问题如果争论起来，恐怕得写不止一本书，这里只能按下不表。

如此"恶名昭彰"的卤煮到底是什么东西呢？不过是用老汤卤制的猪小肠、肺头、五花肉、炸豆腐和特制的火烧而已，小料包括蒜泥、辣椒油、酱豆腐卤、腌韭菜花。吃法简单得很，厨师当着客人的面把各色食材从小火咕嘟着的锅里捞出来，分别切成段、块、片，盛入碗中，浇上卤汁，客人根据自己的口味调入小料，搅拌一下，趁热食之。

至于味道如何，还真是见仁见智，有人一提起来就眉飞色舞，各种讲究、说道不一而足；有的人则掩鼻急走，似乎闻到气味就会呕吐。我的血统刚好一半南方、一半北方，对以卤煮为代表的北方小吃既不会爱得发狂，也不会深恶痛绝——机缘凑巧，就吃上一碗；一年半载不吃，也不想得慌。

鄙人一贯认为，食材只有品质好坏之别，没有高低贵贱之分。吃内脏一点儿也不丢人，四川的麻辣烫、上海的鸡鸭血汤、潮州的牛杂，当地朋友都吃得津津有味，我同样觉得是很好的小吃，为什么北京人喜欢卤煮就低人一等呢？

谈到口味的浓淡、轻重乃至料理的手段、风格，个人的观点是：温婉细腻是一种美，粗犷豪放同样是一种美；多数情况下我比较欣赏淡雅清新，但有的时候非浓厚热辣确实不足以尽兴。不同风格的料理之美既不能互相代替，也不必互相否定。但是，用粗制滥造混充豪放，以繁缛雕琢曲解细腻，不仅不美，而且很丑。西哲有云："须知参差多态，乃是幸福之源。"饮食审美心理的浅薄、狭隘、粗暴，比矫揉造作、装腔作势的料理更加丑陋。

1995年到1996年之间，我在《新京报》的前身《生活时报》负责市场版的采编工作，曾经采访过北京卤煮有代表性的老字号"小肠陈"的"掌门人"陈秀芬，时间过去太久，很多内容已经忘怀了，只有三个细节，至今难忘。一是小料里从来没有香菜末；二是他家的火烧是特制的，独到之处是"不乱汤"——煮多长时间汤都不会变浑；三是在她手里推出了"卤煮火锅"——一个大暖锅（以固体酒精为燃料，中间没有烟囱），把各种食材层层叠叠整齐地码放在锅中，热气腾腾地端上桌来，颇有一点气势。

我的朋友王小明出身北京华侨大厦，学的是鲁菜，去汕头开过餐厅，退休前任北京太伟高尔夫俱乐部的副总。他借鉴潮州咸菜煲猪肚和上海糟钵头的手法，研发出卤煮的"升级版"：把猪杂（包括肚、肺、肠、脾）分别治净、切好，加高汤、火腿、干贝和好黄酒、白胡椒粒，入汤煲，文火炖烂，再用武火滚成一煲乳白的奶汤，最后下盐少许调味——我戏称为"奶汤胆固醇"；小料也是南北兼具，包括香菜末、辣椒油、白胡椒面、酱豆腐卤、腌韭菜花、鱼露，食客可以各取所需，也可以只取本味。上菜的时刻一定是快要"曲终人散"的时候，砂煲中汤汁微微翻滚，醇厚鲜香,腴而能爽,食客无不踊跃争先,一席盛宴,遂以高潮收场——"粗料细做",是美食的经典手法之一,小明于此得之。

第二四品 炒肝

2020年底，拜登当选美国总统之后，网上有个笑话：一个上海老阿婆说，这个人蛮狠的，连那么难吃的东西都吃得下去——拜登当副总统的时候访华，专门去北京鼓楼下的一家炒肝店吃过饭。这当然不仅是调侃拜登，也是趁机"黑"一下北京小吃——炒肝在北京的"黑暗料理"中是榜上有名的。我为此特地调查了一番，遗憾的是，拜登那天虽然进了炒肝店，却没有吃炒肝。据美国驻华大使馆的微博称："今天拜登副总统等 5 人点了 5 碗炸酱面、10 个包子、拌黄瓜、凉拌山药、凉拌土豆丝以及可乐等。总费用 79 元。"

我吃炒肝，最早在西四包子铺，实话实说，包子和炒肝都不怎么样，跟炒肝老店天兴居的出品完全不在一个层面。一次去前门外鲜鱼口的便宜坊老店吃焖炉烤鸭——那座两层小楼真是老，楼梯还是木质的，在2000年前后的北京餐厅里我只见过这么一家，现在早就拆除了——偶然发现天兴居竟然近在咫尺。前门大街改为步行街之前，交通一直很不方便，出租车还不能停在路边，所以，为了炒肝专门跑一趟，实在不上算。自此次"发现"以后，我每次去吃便宜坊，都顺路先去喝一碗炒肝，包子嘛，就免了。

天兴居的炒肝确有独到之处。一是勾芡。估计用的是绿豆淀粉，芡汁透亮；更难得的是，一锅炒肝做好之后，一直用小火保温，盛装的过程中多少还要搅和几下，但芡汁一直保持合适的浓稠度，直到喝完都不会澥，也不会糊锅。另一个绝活是蒜的使用。据我所知，一部分蒜泥是勾好芡之后撒入锅中的，另一部分是跟大料、黄酱一起炸成蒜酱。我对葱蒜的臭味极其敏感，但吃他家的炒肝，只觉其香，不觉其臭，吃完以后依然如此。据说过去还要用口蘑汤增加鲜味，如今口蘑难找且价高，也不知道天兴居是否还能坚持传统。

炒肝至少有两个地方"名不副实"。一是名曰"炒肝"，其实是烩猪肠，肝的含量极少，不过稍事点缀而已。另外，明明是烩，"炒"字从何谈起呢？有人这样解释——古代的"炒"字有一个义项，是"熬"，即小火慢煮。我不是研究文字学的,是否真是如此,只能"姑妄言之,姑妄听之"了。

炒肝也有令人遗憾的地方。猪肠是事先煮熟,再切段、下锅,不存在火候问题;猪肝却是生的,切成条,尽管是一下锅就立马勾芡,但不可能做好一锅,马上卖光,所以猪肝总是偏硬。

鲁菜有一道以猪肚为主料的传统菜品——烩肚丝烂蒜,不知道为什么北京的鲁菜餐厅没人做了,我只在天津的鲁菜名店登瀛楼吃过。煮熟的肚板切丝,入口软烂,勾米汁芡,汤比较宽,不用酱油,撒上大量的蒜泥,很对我的胃口——我一直怀疑发明这道菜的目的是替名菜油爆肚仁消化下脚料。

我的朋友,鲁菜大厨王小明是地道的老北京,对炒肝的短处心知肚明,于是做了改良,主要是借鉴烩肚丝烂蒜:去掉形同鸡肋的猪肝,只用猪肠;再用高汤代替口蘑汤,提升了鲜味;添加酱油提色,跟现炸的辣椒油一起上桌,用与不用,听凭自便——我总是先来一碗原味的,下一碗再加辣椒油。经此一改,炒肝变成了肥肠烂蒜,鲜香肥厚,滑嫩顺口,境界提高不是一星半点,每次上桌,总被一抢而空。

小窝头

第二五品

北京北海公园里的仿膳饭庄制作的几样宫廷小点心精巧别致，清新淡雅，其中最为著名的就是小窝头。关于它，还有一个流传甚广的传说。

这是一个"珍珠翡翠白玉汤"式的故事。据说庚子国难时，慈禧太后西逃途中饥饿难耐，有人给了她一个窝头吃，饥者易为食，自然觉得美味无比，回到宫里之后，一天忽然想起这一口儿，要求御膳房制作，御厨自然不敢拿玉米面真给她做民间的大窝头吃，于是就用栗子面做成小窝头献上，果然使太后满意。

民间类似传说甚多，多数架弄到曾经南巡的康熙、乾隆和"西狩"的慈禧头上，殊不可靠。有专家考证，第一历史档案馆所藏清宫帝后"膳单"中早有各色五谷杂粮制作的粥饭、点心。据苑洪琪所作《清代御膳的养生之道》(《紫禁城》2015年第2期）一文引用的资料，乾隆四十四年（公元1779年）乾隆帝在避暑山庄的晚膳膳单中有"纯克里额森一品"，"编者注：纯克里额森，又作纯克里额芬，满语音译，即玉米面饽饽"。

看来，高宗纯皇帝就吃过玉米面饽饽了，根本不用再麻烦孝钦显皇后从民间引进。再有，慈禧出身镶蓝旗满洲，少年时期家境平常，她的父亲惠征做了多年的笔帖式（专为旗人设置的相当于秘书的小官）。道光、咸丰年间，像这样混一份小差事的北京普通旗人日常生活并不富裕，几乎可以肯定她吃过窝头之类的北方平民食品，又哪用活到晚年才开此"眼界"？

据我估计，所谓"栗子面小窝头"是由"栗子味小窝头"而来——"味""面"在这里北京人都发儿话音，极易产生一字之讹。再有人不懂清宫膳食典章制度，添枝加叶，附会在慈禧身上，形成所谓"传说"。

其实小窝头的主料依然是玉米面，不过磨得比常见的要细，又掺入适量黄豆面、白糖、糖桂花，吃起来仿佛确有一点栗子的口感和香味。北京人称赞食品好以贵喻贱，如"老倭瓜，栗子味的""萝卜赛梨"，故称之为"栗子味小窝头"，

小窝头

高约寸许,金黄灿灿,小巧玲珑,形如玉笋,俏立盘中,吃口绵软中带一点咬头,又香又甜,味淡而隽永,是很好的茶食也足见前代厨师的匠心与功力。我在天津还真吃过用熟栗子肉抟成的小窝头，颜色发黑，卖相极差，还不如直接吃糖炒栗子呢。

有一年七月十五，我去北海赏月。按习惯进南门，逆时针绕琼华岛一周。正逢奥运，游人稀少。晴空如洗，月色似水，荷花正盛，清风徐来，暗香浮动，似有还无，襟怀为之一畅。

踱到北岸漪澜堂，仿膳饭庄虽然有点灯火阑珊，却未关门，于是进去，点了小窝头、豌豆黄、芸豆卷。除了芸豆卷的馅料由芝麻白糖改为红豆沙之外，过去的味道、口感依然，特别是小窝头，高约寸许，金黄灿灿，小巧玲珑，形如玉笋，俏立盘中，吃口绵软中带一点咬头，又香又甜，味淡而隽永，是很好的茶食。这点清宫御茶膳房的遗意总算还在，也堪称旧京小吃的鲁殿灵光了。

茶汤

第二六品

上世纪80年代初吧,北京阜成门立交桥东北角有一段时间搭起不小的席棚,主营茶汤、杏仁茶、油炒面之类用"茶汤壶"(铜制,高一尺八寸,直径一尺五寸。壶嘴细长。壶内四围贮水,中间空如炉膛,用以燃煤烧水)开水冲熟的小吃。

这类小吃近乎藕粉,先用凉水将一小撮含有淀粉的粉末状食材在碗中瀨开,调匀,然后迅速冲入滚烫的开水,使之变成黏稠如糨糊的单一体,里面有一点糖,但又不是太甜。发明这类小吃的目的,最早估计是为了两顿饭之间感到饥饿的时候用来补充一点糖分或者当作睡前的消夜,赶上缺乏营养和零食的时代,就成了给小孩子解馋的恩物。

席棚的经营者大约是南城或近郊人,说话没什么口音,人朴厚实在,出品量足味美。当时北京值得一吃的零食并不多，我一个中学生也没什么零花钱，偶尔路过，嫌杏仁茶太寡淡（而且其中也未必有什么杏仁），油炒面则有一股不新鲜的油味（我家称之为"哈喇味"），所以总是要一碗茶汤。看他们手脚麻利地调糜子（又名大黄米，古称黍）面糊，将黄铜大壶倾斜，猛地一冲，水量刚好，面糊就成了单一体的茶汤，撒上红、白糖，好像还有点糖桂花、金糕丁、青梅丁，拿一把扁平的小铜勺往碗里轻轻一剽，再交给客人。吃到嘴里很稠，却不黏，干净利落，香甜，热乎乎的，冬日食之身心俱暖。价格我忘了是一角还是两角一碗，还要一两粮票，没带的话可以多交点钱，有个公认的"黑市价"，一两粮票折钱二分。我一般都交粮票，忘带的时候也有，就交钱。去过几回之后，一次又没带粮票，想多交钱。一位大嫂，平平淡淡地说"算了"，就忙着冲茶汤去了——从容大方，既没有笑脸相迎，也没有市恩之色。按说，这样一两角的小交易，二分钱也算个数目了，何况又是我情愿交的。

几十年过去，举国尽吹"金风"，时时面对"营销"，熙熙攘攘，无非名利。虽然读过几本无用之书，也得谋生，难免有把持不定的时候。每生鄙吝之心，就会想起那位大嫂淡淡的从容，自惭形秽。

茶汤

将黄铜大壶倾斜，猛地一冲，水量刚好，面糊就成了单一体的茶汤，撒上红、白糖，好像还有点糖桂花、金糕丁、青梅丁

我在日本找到一本以老照片为主的伪满洲国影集，其中有一张照片，拍下了奉天（即现在的沈阳）的一个小吃摊，桌上放着一把大茶汤壶，小贩岁数很大了，齿豁须白而背驼，手扶壶把，笑容满面，图注标题就是"卖茶汤的"。看来上世纪三四十年代东北地区也有同样的小吃，北京的茶汤会不会是从那里传来的呢？毕竟茶汤所用的糜子是东北的特产，当地冬季家家户户都要做的黏豆包的主料也是糜子面。

核桃酪 第二七品

最早知道核桃酪,是大学时期读梁实秋先生的《雅舍谈吃》,其中有一篇文字专门谈核桃酪:

玉华台的一道甜汤核桃酪也是非常叫好的。

有一年,先君带我们一家人到玉华台午饭。满满的一桌,祖孙三代。所有的拿手菜都吃过了,最后是一大钵核桃酪,色香味俱佳,大家叫绝。先慈说:"好是好,但是一天要卖出多少钵,需大量生产,所以只能做到这个样子,改天我在家里试用小锅制作,给你们尝尝。"我们听了大为雀跃。回到家里就天天泥着她做。

……取现成的核桃仁一大捧,用沸水泡……开水泡过之后要大家帮忙剥皮的,虽然麻烦,数量不多,顷刻而就。在馆子里据说是用硬毛刷去刷的!核桃要捣碎,越碎越好。

取红枣一大捧，也要用水泡，泡到胀大的地步，然后煮，去皮，这是最烦人的一道手续……我们用的是最简单的笨法，用小刀刮，刮出来的枣泥绝对不带碎皮。

白米小半碗，用水泡上一天一夜，然后捞出来放在捣蒜用的那种较大的缸钵里，用一根捣蒜用的棒槌（当然都要洗干净使不带蒜味，没有捣过蒜的当然更好），尽力地捣，要把米捣得很碎，随捣随加水。碎米渣滓连同汁水倒在一块纱布里，用力拧，拧出来的浓米浆留在碗里待用。

煮核桃酪的器皿最好是小薄铫。铫读如吊。《正字通》："今釜之小而有柄有流者亦曰铫。"铫是泥沙烧成的，质料像砂锅似的，很原始，很粗陋，黑黝黝的，但是非常灵巧而有用，煮点东西不失原味，远较铜锅铁锅为优，可惜近已淘汰了。

把米浆、核桃屑、枣泥和在一起在小薄铫里煮，要守在一旁看着，防溢出。很快的就煮出了一铫子核桃酪。放进一点糖，不要太多。分盛在三四个小碗（莲子碗）里，每人所得不多，但是看那颜色，微呈紫色，枣香、核桃香扑鼻，喝到嘴里黏糊糊的、甜滋滋的，真舍

核桃酪

核桃固然要磨得极细,而枣剥得仔细干净和枣泥的分量适当,也是做核桃酪最要紧的一环

不得一下子咽到喉咙里去。

关于核桃酪的来历，有两种说法：

唐鲁孙在《秋果三杰：核桃、栗子、大盖柿》(《什锦拼盘》，台北大地出版社2008年版，第129页）中回忆"当年北平锡拉胡同玉华台的核桃酪"："核桃酪虽然以核桃为主，可是枣泥是必不可缺的主要配料，核桃固然要磨得极细，而枣剥得仔细干净和枣泥的分量适当，也是做核桃酪最要紧的一环。……两者加水研浆成汁后要兑得均匀，不稀不稠，糖不可多，以免因太甜而减少香气，据说此菜传自当年以美食著名的杨莲甫家。""莲甫"是杨士骧的号，杨出身北洋，官做到直隶总督北洋大臣，是袁世凯的嫡系，以起居豪奢著称。

在网上还搜到一篇《周大文：从北平市长到京华名厨》（何宏著，《扬州大学烹饪学报》2008年第2期），文中提到"1926年，周大文把收藏家关伯衡家厨的特色甜菜核桃酪经过改良后介绍给了玉华台饭庄"，不知何所据而云然。"伯衡"是关冕钧的字，关是清末民初以梁士诒、叶恭绰为首的"交通系"的大将之一，曾任清京张铁路大臣、民国参议院议员。"交通系"不仅控制了清末民初的中国铁路、航运、邮政、电报，旗下还有交通银行，是袁世凯执政的经济支柱，梁士诒当年有"财神"之号，关冕钧的经济状况可想而知。1927年后，关退出官场，以收藏古书画自娱。

至于周大文，是奉系的政治人物，北伐成功之后，在张学良主政华北时期当过两年北平市长；一生酷爱美食，在京津两地开过不止一家餐厅，玉华台只是其中之一；更难得的是还能自己下厨，1949年以后干脆在北京下海做了厨师，赵珩先生曾经多次在他主理厨政的西单好好食堂见过他本人，自然也品尝过他的手艺。

倘若不过分追根究底的话，核桃酪应该是清末民初显宦家厨的原创，后来传入以淮扬菜著称的玉华台饭庄，成为他家拿手的甜品。再有一点，梁先生笔下的做法大致不错，而唐先生则漏记了实为核桃酪"骨架"的原料——大米。

如今的北京玉华台，字号依旧，核桃酪却早已不见踪影。但我的口福不浅，吃过不止一次。一是在北京饭店的谭家菜餐厅，二是在赵珩先生府上。赵府的核桃酪，不用说是得了周大文的真传；北京饭店能保存这一甜品（并无日常供应，需提前预订），则是因为1949年之后玉华台一批厨师的调入——原来该店只有西餐，不供应中餐的。两相比较，北京饭店的出品比较接近梁实秋的回忆,所有原料都磨成了浆,吃口细腻柔滑;赵府的做法,大米要磨得稍微粗一些,能在整体的腻滑中吃出小小的颗粒,口感比较丰富。另外,梁太夫人所言极是——家厨小锅的出品总要比饭店的大量生产精致一些。

奶酪

第二八品

家住西城区，大学时期有两位关系较好的同学住在市区的东南角，每次访友回来，一定要路过崇文门，崇文门西大街路北有家梅园（那时的梅园还不像现在有如此之多的加盟店），在那里可以喝到奶酪。

酪盛在青花小碗里，也就是多半碗吧。雪白，是半凝固的，又不像用琼脂做的杏仁豆腐之类略带弹性。样子是那么"温柔"，刚用小勺送到嘴里，即刻就化了。

奶酪好喝吗？实在好喝。它没有酸奶的酸腐、鲜奶的腥膻，就像是牛奶经过了神奇的点化，变得清甜、醇厚，奶香浓郁。喝酪的感觉远比"味道好极了"要奇妙复杂，我没有生花妙笔，只好做一回文抄公，抄清人杨静亭《都门杂咏》中的一首竹枝词来交差：

闲向街头啖一瓯，
琼浆满饮润枯喉。
觉来下咽如脂滑，
寒沁心脾爽似秋。

诗，实在算不上好，但意思到了——喝酪就是这么个劲儿。

奶酪曾经是旧京十分普及的小吃，成本不高，制作工艺也不复杂，不过是在煮沸的牛奶里加糖、糖桂花，冷却后加江米酒分装小碗，放在酪桶里微加热而已。酪的表面还可以放瓜子仁儿，梁实秋先生以为"酪里应有瓜子仁儿，于喝咽之外有点东西咀嚼，别有风味"。而梅园的奶酪原是不放瓜子仁儿的，后来有放的有不放的，到现在已是全放。当然这几片瓜子仁儿使价格的上涨有了很正当的理由。

过去，奶酪归奶茶铺专卖，奶茶铺不光卖奶酪，还有奶卷、奶饽饽、酪干、水乌他、奶乌他。

奶卷、奶饽饽我在梅园都尝过。是把牛奶煮沸浓缩，揭下表面的奶皮，包上芝麻、白糖和金糕馅。奶卷状似芸豆卷，奶饽饽状似小月饼，尽管样子很漂亮，然食其味太浓太腻，反不如奶酪爽口。

酪干焦黄，放在小盘里，乱七八糟不起眼。奶香很浓，不过略酸，不腻，是把牛奶烧沸后再用文火炒干水分做成的。

水乌他、奶乌他，在梅园不曾见过。

一位朋友喜欢各种新奇的吃食。我竭力推荐梅园，请她去尝尝奶酪。终于有一天她兴高采烈地告诉我，去过梅园了。

"吃了什么？"

"奶油蛋糕。"

嗐！

第二九品 冰碗儿

住在山区的亲戚送来一包鲜核桃。虽然剥起来很麻烦——不仅要剥掉最外面的硬壳，还要剥去核桃仁上的一层薄膜——全家人还是围坐一桌，吃了个干净。

民间传说核桃能够补脑，但干核桃过于油腻，我一次吃不了几个。鲜的就不同了——爽脆，嫩，甜滋滋的，有极淡的核桃香。

老北京讲究吃鲜核桃，什刹海的名吃——"冰碗儿"里就少不了它。

北京曾经有不少河道湖泊，自然也就出产不少的"河鲜"——莲子、果藕、菱角、芡实（又叫鸡头米、老鸡头）之类。在一个浅碗里放上鲜莲子、鲜藕片、鲜菱角、鲜芡实和鲜核桃仁，加碎冰块儿，撒上白糖，即为"冰碗儿"；若以大盘盛之，便是冰盘——这是什刹海会贤堂饭庄独有的"名件"。

"冰碗儿"现在当然是见不到了，但这样别致的小吃，即便是"耳食"，也容易使人齿颊生香、暑热顿消的。

生食莲藕，北方似乎少见。但有一种藕，鲜嫩时是可以当水果吃的，叫作果藕。叶圣陶在《藕与莼菜》里写到一种苏州产的雪藕，可以切成薄片下酒，也可以"大口嚼着解渴"，不知是否果藕的一种，或许根本就是同一种东西吧。

鲜莲子还是有的，早些年在白洋淀吃过一次，是淀里的渔民在船上卖的，买的时候专挑莲蓬大、莲子饱满的。一吃才知道，太饱满的莲子淀粉多，吃起来味同嚼蜡，还要剔出苦涩的莲芯。倒是那些半瘪的莲子，莲芯还没长成，从碧绿的衣里剥出来，水汪汪的，不停地往嘴里送，直嚼得满口都是清爽、清甜、清香。

南方人也讲究吃"河鲜"。高阳先生在他的名作《胡雪岩》里写过杭州船家的一味点心，"是冰糖煮的新鲜莲子、湖菱和芡实"，加桂花酱或玫瑰卤调和了吃。其实冰糖煮的"河鲜"色香味绝佳，摆上两碟桂花酱之类不过配颜色、壮声势而已，颇有蛇足之嫌。高阳本名许晏骈，祖籍杭州，横桥许家是清代的书香世家，嘉庆以后，科第极盛，号称"七子登科"，"五凤齐飞入翰林"，他写的杭州点心，想来不会只是小说家的向壁虚构吧。

我在网上看过不止一篇文章，一些外地"美食家"都喜欢拿豆汁儿等小吃"说事儿"，以为根本是"黑暗料理"，甚至推而广之，认为北京小吃乃至整个北京菜都非常糟糕。

说实话，我虽然生长京华，也认为"豆汁儿"很不好喝，无论过去还是现在，北京的不少市井饮食跟长三角、珠三角相比确实粗糙，令人难以忍受。但是，在同一个时间、空间，北京也确实不乏高雅细致的美食佳作，只是历史上曾经有过的大量失传，现在依然存在的往往"养在深闺人未识"，普通消费者难以找到，即使找到了也难以接受其价格。市场上流行的、常见的甚至享有盛誉的，就是本地消费者已经忍受多年，而外地朋友"惊鸿一瞥"遭遇到的那些货色了——这也算一种"逆淘汰"吧。

其实制作冰碗儿一类的小吃，并无什么技术难度，就算如今的什刹海不再出产"河鲜"，在北京也不难凑齐上述食材，只是一方面没有肯用心思的店家和厨师，一方面也缺乏集文化素养与经济实力于一身的消费者而已。

杏仁豆腐

第三〇品

　　杏仁豆腐与豆腐没有任何关系，主料是杏仁。能把杏仁做成"豆腐"，是琼脂（又名洋粉、大菜，日本人称为寒天）的功劳。

　　做杏仁豆腐很费事，我家过去只有春节的时候才做一次。其实，它更适合夏天吃，是一款清热解暑的凉点。

　　麻烦在于要用热水浸泡生杏仁，然后剥去表面一层棕黄色的膜，这只好用手工，半斤杏仁足够俩人剥两三个小时的。当然，这是国产杏仁，美国大杏仁剥起来肯定省时省力，但其实不是杏仁，不会有那股清爽的香味。

　　剥好的杏仁要磨成浆。早先用过磨豆浆的小石磨，后来就用食品加工机了。谭家菜的菜谱上说，磨杏仁时要掺上一点儿大米，大约是为了让"豆腐"更瓷实吧。我试过，并无特别之处。

磨好的杏仁浆用纱布过滤，拧出汁来。

琼脂用凉水发开，加水煮化，加糖、杏仁汁，煮开。量小的话可盛入小碗，只能盛上半碗；做得多就倒进搪瓷或不锈钢的大方盘。晾凉，也就凝固了，入冰箱冷藏。

煮冰糖水，也放进冰箱。

吃的时候，用小刀斜着划成菱形小块，倒进冰糖水即可。有的菜谱说还要放金糕片，那是噱头。

多年以来，杏仁豆腐成了我家过年的保留节目。直到有一年，满街都是香咸干脆的美国大杏仁，国产杏仁也炒熟了去凑热闹，竟然买不到生杏仁。用罐头饮料"杏仁露"代替，大概那里边加了什么抗凝的东西，用了不知多少琼脂，才勉强成功，味道大不如前，来年就没有再试。

有用牛奶加杏仁香精做杏仁豆腐的，那是赝品，味道和真杏仁做的没法比。

西餐、日餐都有用琼脂做的冷食、甜品，不过，像杏仁豆腐这样格调清新隽永的出品并不多见。

琼脂是从海藻里提炼出来的，价值不菲，好在做一次杏仁豆腐用不了多少。有人把琼脂用水发了，加酱油、醋、肉丝之类凉拌。一想起琼脂能做出那样精巧脱俗的冷食，总觉得酱油什么的实在是辱没了它。

第三一品　金糕

金糕，又名京糕、山楂糕，做法是用铜锅把山楂煮烂，过罗，去皮、核；再加白糖、糖桂花同煮，冷却，定型，即成。按网上的说法，有加明矾的，有加淀粉的，这方面我不是专家，无从判断，如果不纠缠这些细节的话，做法大致相同。

严格说起来，金糕是一种零食，不算小吃，更不是面点，不归小吃店卖，想买的话，从前得去副食店，现在要去食品超市。之所以收入本书，主要是它跟北京小吃的关系太密切了，就像老北京人的日常饮食生活离不开芝麻酱。

最常见的用途是摆在切糕表面，不仅颜色漂亮，而且增加了山楂的酸甜，比单吃豆馅的甜味要有意思得多。如今市售的芸豆卷多数图省事，馅料都用豆沙充数，按照仿膳的传统做法，"如意云头"里边的馅料是"鸳鸯"的——一边是金糕条，一边是芝麻白糖。奶茶铺制售的奶卷的馅料也是如此。还有就是现在已经没有人肯做的栗子糕，做法有两种，都要先把栗子制成泥，然后冷却、定型，一种分层，其中一层就是金糕；一种成块，很像豌豆黄，表面也要点缀金糕片。

北方地区出产一种香瓜，有羊角蜜、老头乐等不同品种，归菜农种植、售卖，却当作水果食用。国人种植香瓜的历史极为悠久，远远超过后来居上的西瓜、哈密瓜者流，缺点是含糖量比较低，但胜在有一股特殊的清香味。香瓜只有夏天应市，冬天忽然想吃这一口该怎么办呢？老北京人想出来一个绝招——把黄瓜、鸭梨、金糕分别切丝，在小碟中码放整齐，用小碗扣好；上桌之后，掀开小碗，一脉清香扑鼻而来，神似香瓜。名字也起得漂亮，既不叫"踏雪寻梅"，也不叫"无语凝噎"，就叫"赛香瓜"！

说起金糕，我还有一段辛酸的往事。我小学一年级到三年级在京郊良乡的送变电公司子弟学校就读，当地有驻军，所以同学中既有海军子弟，也有空军子弟。我家住在南竹筋楼（采用一种用竹材替代钢筋建筑方法建的一大片二层楼住宅区），跟海军军官的随军家属混居。偏偏有个被同学称为"丁大牙"的顽劣子弟，跟我不同班，但住在我们这片。该人主要的劣迹就是以欺负工农子弟为乐。有一次我从走街串巷的小贩手里买了一块金糕——说起来可怜，其中山楂和糖的含量极低，主要是淀粉和色素，透明度颇高，颜色也不正，灰里透红，但在当时的农村，就算是难得的零食了——居然被"丁大牙"半路劫去。《三大纪律八项注意》我们一年级的时候就人人会唱，谁能想到部队子弟能干出这种勾当呢？家母闻知，勃然大怒，带着我去他家理论，东西并不值钱，而且早就被他"报销"了，也没打算让他赔，不过是"不吃馒头——争口气"而已。今日思之，估计丁某来自农村，肚子里也没什么油水，但凡见过一点世面，怎么会看得上那块所谓的金糕呢？

第三二品

冰糖葫芦

家人买来几串冰糖葫芦,冰糖晶莹甜脆,山楂鲜红酸软,搭配得恰到好处,蘸糖之前去了核,嚼起来也很痛快。

冰糖葫芦是北京很早就有的一种零食,每年一到九月底,就有小贩走街串巷,有挑担的,有扛稻草桩子的,上面插满冰糖葫芦,一路吆喝着"葫芦冰糖,蜜嘞糖葫芦——"招引馋嘴的孩子们。冰糖葫芦以山楂的为正宗,还有海棠、荸荠、山药、葡萄、核桃仁的。大小也不同,最大的长达五尺,上插一面彩色小旗。买这种大糖葫芦,是每年正月初一至十五到和平门外琉璃厂逛厂甸庙会的节目之一。不过这种糖葫芦制作粗糙,是用麦芽糖蘸的,不如冰糖的好吃。最小的则是冰糖葫芦中的精品。梁实秋先生在《雅舍谈吃》里回忆,冰糖葫芦"以信远斋所制为最精,不用竹签,每一颗山里红或海棠均单个独立,所用之果皆硕大无比,而且干净,放在垫了油纸的纸盒中由客携去"。

我在另一本书中读到,信远斋的冰糖葫芦是"以竹签穿单个红果用冰糖蘸成"的。还有资料说信远斋最有名的是"豆沙冰糖葫芦",即将每个山楂都横剖为二,去核,在中间夹上豆沙,再用熬好的冰糖去蘸。

时至今日,琉璃厂东街的信远斋早就卖起了可口可乐之类的东西,小小的门面久已不见昔日享誉京城的风光,极品冰糖葫芦真的就成了"广陵散",只怕再也无从印证梁先生的记忆是否有误了。

梁先生说:"离开北平就没有吃过糖葫芦,实在想念。"

这是老实话、家常话。然我每读至此,总感到故都秋风的萧瑟,老人深深的悲凉,不禁黯然。

冰糖葫芦

信远斋最有名的是「豆沙冰糖葫芦」，即将每个山楂都横剖为二，去核，在中间夹上豆沙，再用熬好的冰糖去蘸

第三三品

糖炒栗子

良乡在北京城区西南,曾为良乡县县治,现在是北京房山区政府所在地。

"良乡板栗"很出名,早年间海外经营板栗者多以"良乡"为正宗。

我生在良乡镇,一住就是八年,爱吃栗子却没有在当地吃过的印象,可算"枉担了虚名儿"。良乡是京广线上一小站,大约当年京西、京北山区出产的板栗都在此地装车外运——"良乡板栗"的来历也就像"口蘑""金华火腿"一样,并非由于盛产,而是因为集散。

栗子的吃法不少,但以糖炒栗子为大宗。

秋天栗子一下来,炒栗子的大锅就支向街头,掺上沙子,泼上糖水,过去是手挥铁铲,现在有了电动,直炒得沙子乌黑，栗壳油亮，焦香乱飘，不用吆喝，就能把我这样的馋人引来。

北京糖炒栗子的历史很长。

知堂老人在《炒栗子》里转引陆游的《老学庵笔记》，讲了一个关于炒栗的掌故：北宋汴京的炒栗以李和所制最为有名、畅销，别家都想尽办法仿效，终不可及。南宋绍兴年间，宋使使金，到达现在北京的时候，忽然有两个人送来炒栗二十包，自称是"李和儿"，然后"挥涕而去"。

这位炒栗名家在汴京被金人攻破之后流落燕山，借几包炒栗向宋使表达一点故国情思——北京的糖炒栗子或许就是自此流传下来的罢。那就和杭州的宋嫂鱼羹一样，都是北宋故都的遗制了。

标准的糖炒栗子要求壳柔脆，外壳、内膜、栗肉三者分离，一剥即开——如果费力剥去外壳之后再费更大的力去揭内膜，则吃炒栗的兴味全消矣；栗肉不能脆，不能软，更不能"艮"，应该干中带润、粉、沙，栗香浓而甜。

其实，糖炒栗子的魅力大半在于萧瑟秋风里街头那一点温热而略带甜味的焦香，吃倒是余事。

知堂为食炒栗写过两首绝句,其中一首是写李和儿的,其词云:

> 燕山柳色太凄迷,
> 话到家园一泪垂。
> 长向行人供炒栗,
> 伤心最是李和儿。

自从知道了这故事,每食炒栗,就会想起这诗和其人其事,总是忽忽若有所失。

糖炒栗子和烤白薯

其实,糖炒栗子的魅力大半在于萧瑟秋风里街头那一点温热而略带甜味的焦香,吃倒是余事

烤白薯

第三四品

烤白薯是北京最朴素的一样小吃。

我小时候,北京的白薯分红瓤、白瓤两种。白瓤的瓤色白中透些许淡黄,水分、糖分少,宜煮,吃起来有些噎,略带栗子香味。烤白薯则一定要用红瓤的,取其水分、糖分多,烤出来瓤肉金红,色如杏脯,糖分、水分渗入烤焦的薯皮,使皮肉相粘,仿佛在皮上摊了好几层蜜汁,甘甜滋润,美不可言。

遗憾的是,从我记事起,北京烤白薯用的炉子就是用旧汽油桶改造的,据说于健康大有妨碍,可是大家照吃不误。日本超市里也有卖烤白薯的,烤好之后放在铺了一层小鹅卵石的电炉上保温,热力均匀而温和,白薯不会焦糊。超市里很少有人促销,更不会有人吆喝,烤白薯的妙处在于温和的加热也能使它特有的甜蜜焦香不断弥漫开去,能传到很远的地方。像我这样的老饕百分之百受不了诱惑，循着香味，自然而然就找过去了。

白薯蒸熟切片，晾成白薯干，原是庄户人家粮食缺乏时的代用品，实则白薯消食滑肠，吃多了反而容易饥饿。如今白薯干却被精美包装，送进商城，久已成为零食的一种。

白薯切丁和米煮成粥，有淡淡的薯香和甜味，是冬日很好的早点。如果煮在醪糟蛋里，就越发可人了。这是父亲常做的一道点心，不知道是上海地区的吃法，还是他自己的发明。

白薯可以烧菜。在辽宁吃过一次拔丝白薯，外甜脆，里香软，比吃烤白薯过瘾——不用剥皮。

我家烧咖喱鸡，有时用白薯代替土豆，一样可以把汁烧得很稠，而且鸡块带上一点儿白薯的香甜，白薯带上些许咸辣和鸡汁的鲜美，与栗子鸡有异曲同工之妙，却远比它入味。

烤白薯也罢，煮白薯也罢，其魅力往往展现在寒冷的冬夜，这时候煮白薯尤其出彩。一大锅白薯煮了一天，锅里的水早已成了极浓的白薯汁，最后几只白薯也成了加料的"白薯汁煮白薯"。识货的人这时来个"包圆儿",捧在手里,一边吃,一边彳亍而行,享受着寒风里难得的一丝暖意——恰好是旧京街头一幅传神的风俗画。

刀削面

第三五品

山西素有"面食之乡"的美誉,各色五谷杂粮制作的面食总有数百种以上,花样之多,在省级行政区中,可以稳稳当当地独占鳌头。刀削面当是其制作技法颇具观赏性、流传最广的一种。

我最早关注刀削面,主要是看过一个纪录片,名字早已忘记,片中厨师一手托住面团,一手用小刀片快速削面,形似柳叶的面条"如同寒鸦赴水一般"——真心觉得评书里这句俗得不能再俗的话简直是为这种技艺量身定制的——连续不断自动飞入开水锅中。后来还看过一幅漫画,厨师技艺更为了得,能把面团顶在光头上,双手分别持刀,轮流削面。两者都给我留下了极其深刻的印象。

真正吃到,是在北京晋阳饭庄,当时还没有盖楼,是一座闹中取静的小院。这个位于虎坊桥的院落颇有来历,据说既是纪晓岚阅微草堂的旧址(也有人以为不确),又曾是富连成科班所在地。院中立有纪晓岚诗碑,诗曰:"憔悴幽花剧可怜,斜阳院落晚秋天。词人老大风情减,犹对残红一怅然。"室内高悬老舍题赠该店的诗作:"驼峰熊掌岂堪夸,猫耳拨鱼实且华。四座风香春几许,庭前十丈紫藤花。"斜阳院落,紫藤犹存,京城高级饭店夥矣,如此风雅的却不多见。

刀削面中间厚,两边薄,两头略尖,筋道爽滑,名不虚传,可惜所谓三鲜卤毫无特色可言,好一似香菱配薛蟠。安排我采访的朱锡朋先生祖籍苏州,懂吃,特地点了一份小炒肉来拌面,再浇一匙山西老陈醋,这才功德圆满。

关于晋阳饭庄的小炒肉,邓云乡先生有专文记载,这里权做一回"文抄公",偷个小懒:"原来是炒的带卤汁的瘦肉丝,不过特别嫩。而且不像过油肉那样,先在热油里拉一拉,再爆炒,那么些油。小炒肉油不多,吃起却很嫩,又带卤,火候上是很吃功夫的。"(《云乡话食》,河北教育出版社2004年版,第349页)

我还要补充两点。一是这道菜肉丝的量很足,俏头是蒜苗(即蒜薹,不是青蒜)段,芡汁较宽,加了少许酱油——

所以适合拌面。二是清代有个著名的掌故，说年羹尧吃小炒肉如何穷奢极欲，邓先生文中写到这个掌故时误记为某位"王爷"了，况且，年羹尧吃过的小炒肉跟晋阳饭庄的出品也未必是一码事。

不过，面卤缺乏特色并非晋阳饭庄的厨师水平不高——山西面食由于原料（多是杂粮）和加工工艺不同，形状、色彩、口感各异，每每令我佩服当地主妇和厨师的想象力、创造力。遗憾的是，也许是我孤陋寡闻，面卤的品种却比较少。有一段时间几乎每个月去一次太原，东道主热情款待，吃来吃去，只见识过四种面卤：小炒肉（与晋阳饭庄的出品不同，其实是汤汁比较宽的北方风味炖小块五花肉）、西红柿鸡蛋、黄豆雪里蕻、茄子卤，当然还有必须加的老陈醋。

古人常恨"鲥鱼多刺，海棠无香"，山西的面卤单调也算得上一件恨事吧。

第三六品 烤串儿

　　大约从上世纪90年代开始，北京流行烤串儿。一到夏天的傍晚，一些不太主要或繁华而离居民区较近的街道就摆上了简陋的桌椅和烤串儿专用的炭火灶具，乘凉的人们一水儿的"小衣襟、短打扮"，三三两两，或呼朋唤友，或全家出动，围桌而坐。凉菜无非是煮花生、煮毛豆、拍黄瓜，啤酒多是"普京"（最便宜的瓶装普通"燕京"），白酒无非"小二"（二两装的"红星"或"牛栏山"二锅头），重点是串儿——羊肉、羊腰、板筋、黄喉、鸡翅、鸡胗乃至辣椒、大蒜，皆可串而烤之，调料离不开辣椒、孜然，烟熏火燎之际，老远就能闻到呛人诱人的气味，听到吆五喝六的人声。北京人还给这种饮食消费起了一个专门的名字——"撸串儿"。

　　据说，颇有一些街边店的食材来历可疑，所以我始终未敢轻试。碰巧我家楼下就有一家，看到大家吃得兴高采烈，酒酣耳热，我也觉得幸福——北京缺乏广东茶楼、四川茶馆之类的平民休闲饮食消费场所，串儿店有意无意地部分满足了大家的这种需求。

近几年来，为了环保和治安，占道经营的烤串儿店已经销声匿迹多时了。

我从未"撸"过严格意义上的"串儿"，每年西风乍起，草原羊肥，偶尔也会想以烤串儿解馋，"情忆草原"是我的唯一选择。该店不过是一家小小的羊肉馆，主营涮肉和烤串儿，羊肉从呼伦贝尔空运，风味却是内蒙古和北京的混搭。我从网上看到他家的介绍，就按图索骥，去品尝了一番，发现老板颇具情怀，食材品质上佳，料理手法简洁而到位，既不装腔作势，也不粗制滥造。由于对食材的新鲜充满信心，这里的烤串儿只用盐调味。也许是我孤陋寡闻，有些特殊品种除了来这里，在北京的其他地方难得吃到。于是，每年秋冬两季总要去吃上几回，一来二去，跟经理也成了朋友。

烤羊排：真是把带骨的羊肋排切成不小的方块再串起来烤，肉厚，有咬劲儿，大口食之，过瘾非常——那种切成薄片的货色怎么能叫烤串儿呢？

烤羊心：柔韧中带一点脆劲儿，爽口不腻。

烤油包肝：是用羊网油包住成串的羊肝烤制——羊肝直接烤熟吃起来会有点硬，隔了一层网油，一方面羊肝内部的汁液不会流失，一方面在羊油的滋润下羊肝的外表不会变硬，肥嫩香软，很是诱人。

我最欣赏的是烤羊蛋（羊的睾丸）：也是裹上网油再烤，雪白柔嫩，仿佛南豆腐，入口带一点淡淡的乳香，我以为美味程度不输上品的煎法国原片肥鹅肝。

不过想吃到够水准的烤串儿还得不怕麻烦：一是吃完一款再点一款，不然厨房会把所有的串儿一起烤好端上来，越吃越冷，后面几串的风味难免大打折扣；二是像吃牛排一样，我喜欢火候比较嫩的，一定带点血丝才好，尤其是羊蛋和羊肝，老了就难以入口，而厨房要照顾多数人的口味，所以每次都要反复强调才行。上述几种据说都是草原上的吃法，做法粗中有细，配上酱香型白酒，珠联璧合，相得益彰。

奶汤羊杂是北京传统小吃，遗憾的是我吃过的奶汤羊杂的奶汤都不合格，乳白的汤色主要是把羊杂汤冲入澥开的芝麻酱形成的。"情忆草原"则不然，确实是用羊杂长时间炖煮（估计还要经过大火翻滚）形成奶汤；羊杂的内容也比其他店家丰富，包括肚、肺、心、肠、食管，这些原料仅仅分别治净就足够麻烦了；汤味极淡，只吃得出一点咸味，却毫无腥膻之气。我请张少刚师傅吃过，他本人也会做这款小吃，却极为欣赏这里的出品，许为京城第一。

有一次请三里屯四叶寿司的老板周旭兄和店长铃木吃饭——请日本厨师吃饭在我还是头一回；铃木说在北京，客人请他吃饭也是第一次。吃什么好呢？铃木表示可以"撸串儿"，于是订在了"情忆草原"。铃木喝啤酒，我喝白酒，他居然津津有味地把我喜欢的各种串儿"撸"了一遍。我已经没有战斗力了，他说最后习惯吃点主食，面条就行。我点了一碗羊肉氽儿面，面条手擀，氽儿卤是标准的老北京做法。日本人吃面条的讲究程度不比我们差，仅仅一碗拉面就能衍生出无数变化。铃木还真给面子，一转眼的工夫就吃了个盆干碗净。他家的另一款看家的主食——布里亚特包子也是草原风味，现点现包现蒸，我也喜欢。

在他家吃羊肉离不开一种重要的调料——野韭菜花，是用呼伦贝尔草原的野韭菜花腌制而成，跟北京本地配涮羊肉的腌韭菜花完全是两码事，咸鲜馨香，没有一丝臭味，辛辣略似山葵，有浓郁、醇厚的山野气息。我喝羊杂汤的时候喜欢加一点，吃比较肥的烤串儿时也会蘸上一点儿，滋味大佳。

遗憾的是，从2020年春节起，我滞留日本19个月，第二年初秋才得归来。刘郎重到，店址已迁，奶汤羊杂也"失踪"了。

锅巴菜

第三七品

　　锅巴菜是天津独有的小吃，本地人读作"嘎巴菜"，简称"嘎巴"，其实里边既没有锅巴，也没有菜，简单说就是把绿豆面煎饼晾凉，切柳叶片，浇上勾芡的热卤和调料，撒一点香菜末，搅和匀了，卤汁透亮不澥，素食而有荤味，寒冬侵晓趁热食之，身心俱暖，三九天的西北风，也可以抵挡一阵的。奇怪的是，同样以煎饼为原料的煎饼果子流传甚广，而锅巴菜一直株守一隅，连近在咫尺的北京都没有卖的。

　　网上有一篇文章，标题啰唆得有趣，叫作"你知道或不知道的、消失或没消失的老天津卫美味"，内容却颇具价值，确实记载了不少今人"知道或不知道的、消失或没消失的老天津卫美味"，其中就有关于锅巴菜的一节，文字简洁清楚，意到笔到，一看就知道作者是一位吃过见过的前辈。文中写道：

> 北门西路北的宝和轩茶园创建于清朝末年,在天津很有名气。上世纪20年代,在茶园门口东侧有一家卖早点的铺子,正式的店名少为人知,都称它为宝和轩锅巴菜铺。……宝和轩的锅巴菜味道独特,制作考究,颇有点名气。先把绿豆用粗磨磨成两半,然后用水浸泡,漂去绿豆皮,把泡透了的绿豆湿磨成浆,摊出来的煎饼薄而不煳,待晾透至半干,切成柳叶状(即平行四边形的窄长条——引者注),晾透备用,调在卤里互不粘连,松软劲道。调卤全用素料,姜末、五香料、酱油、饴糖色、盐等熬汤,绿豆淀粉勾卤,味道爽口,稀稠适度,盛到碗里吃到最后还是卤抱着锅巴。锅巴菜盛在小绿豆碗(疑是"盛在小豆绿碗里",豆绿是一种釉色——引者注),浇上用南腐乳、芝麻酱、酱油、香油调好的作料,另撒些油炸的香干片和芫荽。连同自制的芝麻油酥烧饼,现炸的花梨瓣果子,每碟两个,伙计用托盘送到桌,各桌备有红辣椒油,任请自便。

我喝"嘎巴",前后五十余年,调料只有澥开的酱豆腐

锅巴菜

这是一种完全属于天津市井平民日常生活的美味,亲切、家常、舒适而温暖

卤、芝麻酱和辣椒油，香干片早在上世纪70年代就欠奉，香菜末倒是管够。配餐，一直是果子，精致的"花梨瓣果子"，连听都没听说过，真是惭愧。

锅巴菜价极廉宜，其诱人之处，一是煎饼片被勾芡的热卤浸润以后，柔韧、酥软、爽滑，带一点若有若无的嚼头儿的口感；二是绿豆面的香味跟五香咸鲜的卤汁和酱豆腐、芝麻酱、辣椒油、香菜混合一气产生的复合味道。这是一种完全属于天津市井平民日常生活的美味，亲切、家常、舒适而温暖。

土生土长的天津人，没有不喜欢喝"嘎巴"的，而且每人都有自己喜欢的店家，都有大同小异的说道儿。我深爱上海南翔小笼、苏州枫镇大面、潮州牛杂粿条，也深爱这简单质朴的锅巴菜，每到津沽，一定要喝上一碗，不然总觉得有点遗憾。

2020年，我滞留日本京都时，隔几天总要跟家母通话请安。大约是12月的一个周六下午，老太太告诉我，她馋家乡的锅巴菜了，早晨七点一个人打车奔北京南站，坐高铁到天津下车，再打车到南市，找到熟悉的店家，喝一碗"嘎巴"，来一套煎饼果子，然后打包十斤"嘎巴"、八套煎饼果子，再原路返回——当时她老人家刚过完七十七周岁生日。

挂断电话，我忍不住喟然长叹："其母其子，古人不余欺也！"

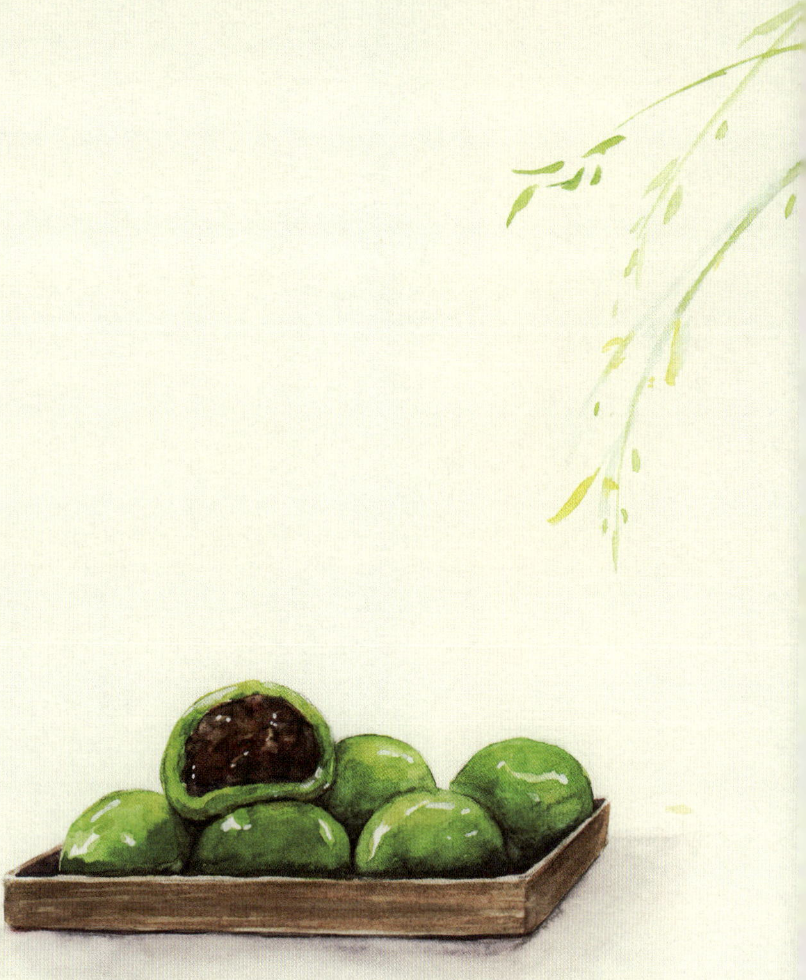

鸡粥

第三八品

鸡粥的历史不长,是土生土长的上海小吃,也是最名不副实的小吃——食客去云南路上有名的"小绍兴"鸡粥店,哪有喝一碗粥就走的道理?无论如何也要点上一盘白斩鸡。那里的白斩鸡也确实名不虚传,是我吃过的最美味的两款"白鸡"(在我们家,这是白斩鸡的简称)之一,另一款是香港翡翠餐厅海南鸡饭里的鸡。

究其实,鸡粥不过是白斩鸡的副产品,没有"三黄鸡"浸熟之后剩下的汤,鸡粥的滋味根本无从谈起。十几年前,我有一段时间特别迷恋"小绍兴",每到上海,一定要跑去一趟,从来没见过只喝粥、不吃鸡的客人。

"小绍兴"很会做生意,鸡粥翻不出什么花样,白斩鸡却分成三个档次。鸡是完全一样的,区别在于部位的不同,最高级的一盘之中完全是翅膀，低一个级别的是翅膀和腿肉，最便宜的就带鸡胸了。

我对动物类食材的部位分级有个观点，最难吃的是缺乏运动的部分，稍好一点的是经常活动但负重的部分，最美味的是既活动又不负重的部分。具体到鸡，这个排序就是鸡胸、鸡腿、鸡翅。看来，在这个问题上，至少我能跟"小绍兴"达成共识。

该店还有一绝，就是鸡的蘸料，内容不过是酱油、糖、姜末和少许味精，一起煮一下，再加香葱花而已。滋味之美，不要说粤菜蘸白切鸡的葱姜油无法与之媲美，就是上海本地，卖白斩鸡的店家不知凡几，但别处的蘸料总让人觉得差点儿什么。据我分析，除了酱油的品质上佳之外，咸、甜两味比例关系的拿捏才是窍门所在。

我从小就吃父亲做的"白鸡"。父亲生长沪滨，调料完全是浦东乡间的风格，只用酱油和麻油两味。由于上世纪70年代用粮票从京郊黑市上农民手里换来的都是所谓"走地鸡"，而且父亲只选生长期不超过一年的活鸡，现杀即烹，简单的调料反而给鸡的本味留出了余地。几十年过去，走南闯北，品尝过不知多少山珍海味，一想起当年"白鸡"的鲜美,依旧垂涎。

但是,由于品种和技术的原因,我家的白斩鸡在嫩滑层面还是略输"小绍兴"一筹。鸡粥的情况刚好相反:一来我家煮粥时用的是东北或天津小站的粳米,由于气候原因,一年只种一季,品质远胜南方的双季稻,用母亲的话讲,"油性大",熬出的粥香滑肥厚;二来调料只用盐和葱花,原汁本味——个人以为,"小绍兴"鸡粥里的那一勺酱油是个败笔;最重要的一点,餐厅的厨师固然技术高明,但要保证迅速供应大量食客,只能大锅熬粥,大锅饭不好吃,大锅粥当然也比不上自己家里的小锅粥啦。

第三九品 面筋百叶

这是一种相当平民化的上海小吃,价格廉宜。

我少年时去逛城隍庙,一进大门,左手不远处就是专卖面筋百叶的小吃店。

上海人把压得极薄的豆腐皮叫作百叶。因为足够单薄且坚韧,可塑性很强,单层的百叶卷起来打成结,可以做红烧肉或竹笋腌鲜的配料;自然也可以几张叠起,裹入肉馅,做成枕头状的百叶包——这在浙江湖州叫作千张包子,"丁莲芳"的出品享有盛名。面筋百叶里的"百叶"不过是百叶包的简称而已。

面筋的做法就麻烦一点,是用新鲜的水面筋做皮,包上肉馅,抟成球形,下油锅炸至焦黄色,外层的面筋富于质感,吃起来比著名的无锡油面筋要厚实筋道得多。

本地家常吃法，百叶包多数清蒸，无锡面筋塞入肉馅之后只好红烧，而面筋百叶的做法却是把两者一起用清汤煮熟，连汤带水盛入碗中。

上海是一座移民城市，餐饮业以地域区分，号称有十八帮之多，很多小吃都是从别处传来的。有名的如宁波汤团，汤面以苏式为主流，小笼馒头过去称为松毛包子（记得我上世纪70年代去南翔馒头店，蒸笼里垫的还是重复使用多次被油脂充分浸润的松针），有人以为来自徽州（今黄山市，黄山松名列"黄山五绝"）。面筋百叶我只在上海见过，应该是真正的本地土产——至于是否受过湖州小吃的启发，就不得而知了。

有趣的是，上海人对它从来不直呼其名，而是称为"单档""双档"——当地人似乎有用简称称呼小吃的习惯，常见的还有"小笼""生煎"——面筋、百叶各一件即为"单档"，各两件就是"双档"。上海的亲戚请我吃，从来都是点"单档"。

面筋百叶里的肉馅分量有限，主要特色在于面筋和百叶的质地都具有强烈的吸附性，炖煮一番之后，既能从外面饱吸汤汁，又能从馅心得到肉味，略微膨胀而依然保持一定的弹性和嚼头儿，比吃一碗丸子汤有意思得多。

所谓汤汁，多数情况下不过是加了味精的盐水而已，但因为有肉馅在内，吃起来并不觉得寡淡。偶尔也有例外，上初中的时候，有一次嬢嬢（父亲的姨表妹，北方叫表姑）和姑父带我去南京路上的人民饭店吃了一碗"单档"，滋味远胜过城隍庙，尤其是汤，清而鲜，一碗入肚，意犹未尽，结果是叫来服务员，续了一碗汤——当然是免费的。当时对饭店这种业态毫无概念，只是觉得店堂高阔而已，后来才知道人民饭店的苏锡菜在上海很是有名，制作区区一碗"单档"，加一点"毛汤"，手到擒来，其实是大材小用了。

据网上的说法，过去，大世界附近的五味斋所制面筋百叶品质最好，可惜没有尝试过，不知道能不能超过人民饭店。

羊汤面·白切羊肉

第四〇品

羊汤面和白切羊肉,这两种小吃的制作固然密不可分,吃的时候也是搭配在一起的。

祖母家是上海南汇(现已划归浦东新区)土著,据父亲说,当地的羊汤面极其美味。早年间,北京的肉用羊都来自锡林郭勒盟,快立秋的时候才膘肥体壮,不是用车,而是由专人一路赶到北京,正好让北京人"贴秋膘",汉民也只有秋、冬两季才吃羊肉,经典的做法就是炮(读如"包")、烤、涮。父亲有时候费尽心机弄来一条羊腿,我就知道,明天早晨有羊汤面吃了。

羊腿加葱、姜、料酒白煮,熟后捞出,放到室外,用重物压紧,凉透,吃之前切成大薄片。父亲说,南汇的羊肉是带皮的,多了肉皮中的胶质,口感更好。调料就是甜面酱,讲究一点儿的话，可以拌入白糖、香油，拌匀，蒸一下，使糖溶入酱中。

羊肉汤烧开，撇净浮油，如果喜欢清汤，就加盐；想吃红汤，就放酱油。羊肉汤极鲜美，不需要放味精。

切面，开水煮至断生——北京的切面口感缺乏韧性，跟江南的机制面根本无法相提并论，只好将就，谁家也不会大早晨起来做手擀面——捞入碗中，浇以大量的羊汤，撒上切碎的青蒜叶，即成。

吃面，喝汤，佐以白切羊肉蘸甜面酱，会出一身大汗。窗外北风呼啸，室内却有春意。

据网上的资料，南汇吃白切羊肉是在伏天，现在还有这个习俗。冬天吃不吃呢？父亲已经不在，我也无从问起了。

江苏太仓秋冬季节也有羊汤面，我吃过几次，至今难忘。羊汤是红汤，带皮羊肉、羊杂都是红烧，客人自选喜欢的部位（我比较欣赏腿肉和羊肚），店家切好放入面碗，同样撒切碎的青蒜叶，碗大量足，汤鲜味厚，肉香而酥软，膻味比北京的要淡一些；面条的口感极佳，从头吃到尾，都能保持筋道利落。

苏州的藏书羊肉名气不小，我多次乘车路过，看到古色古香的小镇到处挂着"藏书羊肉"的招牌，可惜不是季节不对，就是另有安排，几次交臂失之，至今未能识荆，也算一桩不大不小的憾事。

第四一品 # 南翔小笼馒头

第一次到上海是1972年，我只有五岁，感觉就像到了另外一个国家：城市远比北京繁华，无论是洋房还是中式房子都跟北京的不一样，上海话几乎听不懂，饮食习惯也截然不同。单说早点，差别就不小。

上海最经典也是影响范围最广的早点品种当推小笼馒头，最正宗的出品在城隍庙九曲桥头的南翔馒头店。南翔是上海郊区的一个古镇，当地的古猗园允称明代江南园林的代表作，而小笼馒头的声光犹在古猗园之上。南翔馒头店据说历史已有百年。上世纪90年代我初写美食专栏，专门提到过这款名点：

> 城隍庙的南翔小笼馒头——其实是包子——死面，纯肉馅（秋冬有加蟹粉的）。收粮票的年代，一两八个，

细褶玲珑，皮薄得近乎透明，一咬一包汤。必须先咬一小口，吸尽汤汁再吃，否则一口下去，汤汁四溅，显得"棒槌"，也可惜。那一包汤其实主要不过是肉皮冻，但你在别处随便怎么搞，肉皮冻也搞不出那个味儿来。我在不少地方吃过小笼包，包括在上海，哪一家都不如城隍庙的好吃。所以那里的食客总是满坑满谷。

随着马齿徒增，后来也吃过其他地方的小笼包：南京刘长兴的出品平平，远不如他家的荠儿菜蒸饺清新得味；无锡王兴记的馅心里加了大量的糖和酱油（南翔小笼的馅心里是不加酱油的），没有心理准备的食客初次被它的甜、肥、浓"偷袭"，肯定会吓一大跳；鼎泰丰胜在品质稳定、标准化程度高，离开上海，馋小笼包了，他家是首选，但总觉得比南翔馒头少点市井烟火气。

每去上海，只要时间允许，都要去吃一次这家老店，几乎已经成为一个保留节目。当然，去得多了，加上当地美食家俞挺兄的指引，慢慢又发现了一些门道。除了一楼的外卖窗口，该店一共有三个厅：二楼的厅开门时间最早，包括本人在内的绝大多数顾客去的都是这个厅，出品其实是比较大众化的；三楼有个厅，开门时间稍晚一点，水平就有所提升，当然价格也水涨船高；最高级的厅也在三楼（此高级厅如今已经改在老楼左侧另外开门，特设电梯，内部装修相当时尚了），不做早市，午饭时才营业，价格最高，馒头不仅个儿大、皮薄，而且高度超过直径，雪白饱满，俏生生地立在笼屉中。深秋季节的蟹膏小笼，馅中蟹膏之多"令人发指"，味浓汤鲜，醇厚香肥，滋味之美不可言状——仅就小笼包这一品类而言，平生没有吃过更为精妙的出品，能与之相差仿佛的也少得可怜。

吃南翔小笼离不开姜丝、米醋和蛋皮丝汤。米醋免费，没记错的话，在大众化的楼层姜丝要收费，三楼就免了。蛋皮丝汤过去就是把鸡蛋摊成薄饼，切丝，投入加了味精的盐水稍微煮一下，每份不过小小一碗；如今则加了水发干贝丝，且盛入带盖的汤盅，鲜美程度和量皆大为提高，价格水涨船高，也是题中应有之义。

八宝饭 第四二品

八宝饭是上海甜点里的"名件",在中国甜品中也是第一流的。

小时候一到春节,家里总要做几样点心,其中就有八宝饭。八宝饭的豆沙馅是自己加工的洗沙——红小豆煮烂,滤去皮,沉淀出细沙,细沙入锅,加猪油、白糖熬稠成馅。在此过程中需要不停地搅拌,防止粘锅;当水分蒸发到一定程度之后,黏稠的沙浆会突然不停地冒泡,泡会迅速地炸开,非常容易烫伤搅拌者的手——这也是如今难得吃到传统的手工洗沙的主要原因;多数市售的红豆沙都是机械化批量生产,是用机器连皮一起磨碎的,口感要粗糙很多,远不如家厨的出品细腻可人。

糯米蒸熟,趁热拌上熟猪油、白糖。取大碗一只,先把少许熟猪油在碗内侧涂抹均匀，把青梅、蜜枣、瓜条、海棠等北京果脯粘在猪油上，拼出花样，撒上青红丝，满满铺上一层糯米，多放豆沙，再盖一层糯米，把豆沙完全盖住，与碗口平齐。因为含糖量高，冬天做好之后可以储存好多天。上桌之前蒸热，反过来扣在盘中，浇一点勾芡的桂花白糖汁，即成。这可以做年夜饭的大轴，热气腾腾的一大盘端上来，吃的时候用勺子拌一拌，使豆沙、糯米、果脯充分混合，滚烫，香、糯、甜、滑、肥、润俱全，五颜六色，一人分到一小碗，小孩子们大口食之，没有不喜欢的。

不知什么缘故，我小的时候上海买不到好的果脯，我们全家去上海探亲，一定会带不少北京的这种土产送人，很受欢迎，主要用途似乎也就是拿来做八宝饭而已。市场上也有做好的八宝饭出售，蜜饯品种确实寒俭了一些。其实，印象中当时上海的食品供应情况比北京要好很多，比如奶油蛋糕在老大房之类并非高端的食品店就能买到，而北京的点心店只能找到噎人的绿豆糕、扎嘴的桃酥、硌牙的江米条，奶油蛋糕是绝不会出现的，想买西点只能去莫斯科餐厅或者少数几家国营宾馆饭店。

八宝饭要想做得好吃，没有什么特殊的秘诀，无非重油

八宝饭

香、糯、甜、滑、肥、润俱全，五颜六色，一人分到一小碗，小孩子们大口食之，没有不喜欢的

重糖而已，这也正是它在难得温饱的时代大受欢迎的原因。时至今日，大家都在减肥、避免"三高"，一谈糖、油，无不色变。八宝饭之类的甜食或者被减油、减糖、缩小个头儿，变得小鼻子小眼，味同嚼蜡；或者干脆被打入冷宫，无人问津。我也不食此味久矣。

青团

第四三品

　　看网上消息，上海的青团升级换代，馅心改成咸蛋黄肉松，居然成了网红产品，需要排大队才能买到，一时间真不知今夕何夕。

　　1982年的春天，我在沪上养病，住在上海旧县城南市区小南门内的一幢老房子里。房子不是当地常见的石库门、"鸽子笼"，而是传统的江南砖木结构建筑，平房，间架特高，南向，门前有廊子，据说是原来富家花园的一部分。屋子后墙的上半截是一排木窗，窗外不知是谁家的后墙，无窗；两墙之间的夹道极窄，人不能行。春天的雨是不能少的，淅淅沥沥，瓦上阶前，从夜至明。屋里的家具都是旧式的，高大，深栗色，配合窗外的天色，愈显凝重。我的手术做在腿上，不良于行，人家藏的几本旧书俱被翻过一遍之后，就只能看细雨滋润后窗外夹道墙上、地下的无名苔藓；晴日难得，我便努力出屋，向从廊前柱中飞出来晒太阳的白蚁喷药。

早餐向例是昨夜剩饭煮成的"泡饭"，佐餐的多半是皮蛋、腐乳或是一根油条切小段蘸酱油。偶尔餐桌上能看到两只仿佛小馒头的青团，内裹豆沙，外面是厚厚的一层糯米面，深绿色，皮上刷过菜油，泛着温润的光，微温。于甜糯之外，闻着、吃着都有一种特殊的清香，而且糯米团居然会是绿的，也觉得奇怪，所以印象很深。后来才知道，它的颜色和清香来自麦苗的汁；也有说用艾草汁染色的才是正宗，我在苏州试过，颜色要淡许多，香味也截然不同，也闹不清到底哪个才是原创；还有用青菜汁的，香气上就略输一等了。

青团只是糕团的一种。上海、苏州一带有不少糕团店，专卖糯米、大米制作的各式点心，有点像北京的驴打滚、艾窝窝一类，不过品种要丰富得多，五颜六色，不带汤水，称为糕团。

我记得吃过的糕团还有双酿团和定胜糕。

青团

内裹豆沙,外面是厚厚的一层糯米面,深绿色,皮上刷过菜油,泛着温润的光,微温

双酿团也是糯米团,有内外两层皮。最里面包的是豆沙,两层皮之间是掺了糖的芝麻屑。与青团不同的是皮白而薄,几乎透明,馅心隐约可见。

定胜糕是米糕,形如腰鼓而扁,一糕两色,一半粉红,一半雪白,中间有一点点豆沙馅,吃起来有些干噎。

小南门附近的中华路上就有一家糕团店——字号早已忘记了,门面很小。做好的糕团摆在竹匾或搪瓷方盘里,顾客一般只买几个,托在一块纸上,有的就边走边吃了。

如果把如今名店的网红青团和传统货色放在一起,让我自由选择的话,我恐怕还是喜欢当年小南门无名小店的出品——不知为什么,近来越来越欣赏传统、经典的味道,可能真是已经"结束铅华归少作,屏除丝竹入中年"了,审美情趣日趋保守,也是难免的吧。

生煎馒头 第四四品

　　生煎馒头是上海面点的看家品种之一（作为街头小吃，除了上海，我只在苏州见过），上海人简称为"生煎"，就像把小笼馒头叫作"小笼"，而两种馒头其实都是包子。

　　根据外形，可分为两大类——成品的收口处褶子向上的似乎是餐厅、饭店的出品，褶子向下将收口压平藏起的则是属于小吃店，街头巷尾，触目皆是（小吃店中唯有"大壶春"特立独行，出品跟饭店一样）。褶子向下的会撒上葱花和炒熟的白芝麻，向上的则只撒葱花。也有例外，我在北京上海老饭店吃过虾肉生煎（以河虾仁和猪肉做馅），褶子向上，当然要撒葱花，被煎至焦香的底部却布满芝麻。

　　生煎的肉馅里绝对不能放酱油（如此一来，肉馅的新鲜程度非常容易判断，没有办法打马虎眼），也不能放葱，肉皮冻要适度，煎好之后汤汁不能过多。

生煎以鲜肉为主流（上海话提到肉馅,"鲜肉"特指猪肉）,也有用鸡肉、蟹粉为号召的,少见。

传统面皮只用发面,后来有用死面的,被视为异端——代表作是小杨生煎,皮薄汤多,味精也不少,试过一次就没有兴致再去。

就我所知,在上海街头看到有人在小吃店外排队,往往是为了买生煎或鲜肉月饼,因为讲究现做现卖。

小吃店制售生煎堪称上海街头独特的风景:灶台设在临街的窗口内,灶口上放一个巨大的饼铛,包好的包子整整齐齐地码放在铛中,做同心圆状,挨挨挤挤,毫无缝隙（煎熟之后底面自然成正方形,也不会像蒸包那样塌下去,而是俏生生地立在盘中）,先浇油,盖上锅盖,煎一会儿;再浇少量水,只听"嗞啦"一声,蒸汽与焦香一同升起,再盖盖,略焖;最后撒上葱花、芝麻,就可以出锅了。

此时,灶前的队伍已经排得老长,形形色色的顾客无不引颈翘首,早就不耐烦了,逐个递上买好的塑料小牌。生煎出锅用的工具是一把长方形的锅铲,客人要几只,厨师快速一铲,就是连在一起的几只（规格是一两四只,到处一样,毋需多言）;这把铲子在烹制过程中还被时不时用来敲击饼

生煎馒头

浇少量水,只听『嗞啦』一声,蒸汽与焦香一同升起

铛的边缘，"铛铛"作响，不知道是技术层面的必需还是为了招揽生意。

生煎是一款非常奇妙的点心，尤重口感：上部的面皮其实是蒸熟的，口感松软；底部煎熟的面皮酥脆而略带韧性；馅心滑嫩，几乎就是一个肉丸子，恰好含有一口浓厚的鲜汤——集小笼馒头与锅贴的优点于一身，吃起来十分解馋。

生煎是可以买回家吃的，小吃店免费提供纸袋。堂食的话，一般会点一碗咖喱牛肉汤——牛肉大块卤熟之后切片，漂在碗里不过薄薄的三两片，咖喱当然是国产，滋味并不浓厚，汤里还充斥着上海自来水浓重的漂白粉味。说来也怪，没有这碗清汤寡水的货色相配，单吃生煎，还就觉得少点儿什么。

菜饭 _{第四五品}

每年天气才见暖意，江南的春笋就运到了北京，又到了吃腌笃鲜的时节。

腌笃鲜的爽脆清鲜来自春笋，醇厚则来自咸肉。

咸肉是上海乃至江浙一带极普通的食材，菜市场里随处可见，家庭自制也很方便。都是腊月里以炒熟的粗盐腌制，工序简单，腌到春天刚好成功，故醇厚鲜美不及火腿，但家常吃就很好。最好吃的部位也不是腿，而是软肋的五花——我以为。

父亲在北京也照样腌咸肉，用盐搓透，脱水之后挂在背阴的屋檐下，任凭风吹雪打；吃的时候斩下一块，蒸熟之后满室生香。

吃咸肉，做腌笃鲜还嫌麻烦，最简单的吃法是干蒸或做菜饭。

菜饭是我爱吃的家常饭，每食一定过量。做法极简单——青菜切碎，入铁锅用猪油稍煸，加水、盐、米，撒上小片咸肉，大火烧开；烧到水米融和，再改文火焖熟。没有咸肉的话，还可用金华火腿、广东香肠、南京香肚代替。

碗里有菜有肉有饭，菜烂米润肉香，实在诱人。不用别的菜下饭，空口吃就可以；如果咸味不足，还可以拌入少许酱油；配一碗紫菜蛋汤，这顿饭就算功德圆满。

菜饭的锅巴比饭还要好吃，因为饭里有猪油，文火连烤带煎，焦香扑鼻，酥、脆、软、韧，兼而有之，加上里面嵌的菜、肉，格外诱人。小时候每吃菜饭，必先抢锅巴。

湖北也有类似吃法。陈荒煤先生是湖北人，他回忆少年时的吃食中，"有一种不能叫做菜了，就是豌豆刚刚上市、颗粒饱满而青嫩的时候，用四分之三的新米和四分之一的糯米焖饭，到饭快熟的时候，用火腿丁、细粒的鲜肥肉丁，也可以放上鲜虾仁、葱花、黑木耳搅拌着豌豆盖在饭面上，撒上一点椒盐、香油，等到饭焖熟了，掀开锅盖就可以闻到一股清香，仍然嫩绿的豌豆、鲜红的火腿丁、白晶的肉丁、红嫩的虾仁、黑色的木耳和青青的葱花交织着色彩丰富的画

菜饭

文火连烤带煎,焦香扑鼻,酥、脆、软、韧,兼而有之,加上里面嵌的菜、肉,格外诱人

面，吃起来真香，我母亲胃弱，吃几口，是当作饭菜来吃的，但我却是当饭吃，并且一定要饱餐一顿的"。（聿君编《学人谈吃》，中国商业出版社1991年版，第265—266页）

《中国小吃·上海风味》记载，美味斋的菜饭"以选料考究、制作精细、色香味与众不同而著称"，有美味辣酱、油炸排骨、红烧脚爪、四喜肉等诸多品种，其实不过是以油菜猪油菜饭为基础，分别配上辣酱（用猪肉丁、笋丁、豆干丁、虾皮、甜面酱、辣椒糊制成）、炸大排、红烧猪蹄和比较大块的红烧五花肉而已，远不如把咸肉投入菜饭，水火既济，使肉、菜、饭的色香味及口感融和一体为妙。

据网络资料，美味斋饭庄开业于1923年，1956年从上海迁到北京。我小时候不止一次去过位于菜市口的这家餐厅，却从未吃过上述四种菜饭，倒是1977年"五一"从良乡搬家到北京，第一顿饭就是在那里吃的。四十多年过去，别的菜早都忘到九霄云外了，只记得他家的红烧明虾个儿大、鲜甜，实在美味无比。

苏式汤面

第四六品

苏州，我不知去过多少回，近十年来，每年至少两次，但总也不觉得厌烦。姑苏山水的温柔，园林的玲珑，物产的丰富，饮食的讲究，工艺的精巧，无不令我心醉神驰，乐而忘返。

别的不说，单说早晨起来的一碗汤面，就有无数的说法在内，内容繁复到外地人难以想象的地步。

让我最早了解苏州这碗面的，是陆文夫先生的大作《美食家》，小说中是这样描述主人公的早点的：

> 朱自冶起得很早，睡懒觉倒是与他无缘，因为他的肠胃到时便会蠕动，准确得和闹钟差不多。眼睛一睁，他的头脑里便跳出一个念头："快到朱鸿兴去吃头汤面！"这句话需要作一点讲解，否则的话只有苏州人，

或者是只有苏州的中老年人才懂,其余的人很难理解其中的诱惑力。

那时候,苏州有一家出名的面店叫作朱鸿兴,如今还开设在怡园的对面。至于朱鸿兴都有哪许多花式面点,如何美味等等我都不交待了,食谱里都有,算不了稀奇,只想把其中的吃法交待几笔。吃还有什么吃法吗?有的。同样的一碗面,各自都有不同的吃法,美食家对此是颇有研究的。比如说你向朱鸿兴的店堂里一坐:"喂(那时不叫同志)!来一碗××面。"跑堂的稍许一顿,跟着便大声叫喊:"来哉,××面一碗。"那跑堂的为什么要稍许一顿呢,他是在等待你吩咐吃法:硬面,烂面,宽汤,紧汤,拌面;重青(多放蒜叶),免青(不要放蒜叶),重油(多放点油),清淡点(少放油),重面轻浇(面多些,浇头少点),重浇轻面(浇头多,面少点),过桥——浇头不能盖在面碗上,要放在另外的一只盘子里,吃的时候用筷子搛过来,好像是通过一顶石拱桥才跑到你嘴里……如果是朱自冶向朱鸿兴的店堂里一坐,你就会听见那跑堂的喊出一连串的切口:"来哉,清炒虾仁一碗,要宽汤、重青,重浇要过桥,硬点!"

一碗面的吃法已经叫人眼花缭乱了，朱自冶却认为这些还不是主要的；最重要的是要吃"头汤面"。千碗面，一锅汤。如果下到一千碗的话，那面汤就糊了，下出来的面就不那么清爽、滑溜，而且有一股面汤气。朱自冶如果吃下一碗有面汤气的面，他会整天精神不振，总觉得有点什么事儿不如意。所以他不能像奥勃洛摩夫那样躺着不起床，必须擦黑起身，匆匆盥洗，赶上朱鸿兴的头汤面。吃的艺术和其他的艺术相同，必须牢牢地把握住时空关系。

读这部小说时，我还是个整天懵懵懂懂，只知道读书、应付考试、厌恶无聊校园生活的初中生，万万没有想到，有一天我会以"美食家"为职业。做了"美食家"之后，我对小说里描述的苏州美食更加悠然神往。

有一段时间，和朋友们组成"吃喝团"，每年春天到苏州，为了方便去西山喝碧螺春，都入住城西的香格里拉酒店。早晨不吃酒店的自助餐，而是去南行不远的"东吴面馆"——现在看来，他家的出品质量平平而已——但看着水牌上十几二十个花式品种，还可以要求"重青""硬点""虾仁、腰花双浇，过桥"，颇有朱自冶当年吃"头汤面"的劲头，也算稍圆少年时的旧梦，觉得满足异常。

熟悉情况之后，还有一次"壮举"：头天晚上在观前得月楼饫甘餍肥之余，把实在吃不下的炒虾仁和蟹粉烧裙边打了包，放入酒店客房的小冰箱；第二天一早，找一家小小的面馆，每人点一碗素面，把隔夜的剩菜当作双浇，倾入面碗——食材的品质就不用说了，得月楼大厨的手艺无论如何都比面馆的厨师高明，那一碗双浇面，滋味之美，应该不输当年朱鸿兴的"头汤面"了吧？

2018年4月的一天，起了个大早，从昆山出发，专程去常熟兴福寺吃蕈油面。

说起兴福寺，大家不一定熟悉，一提"曲径通幽处，禅房花木深"的破山寺，大家就会有恍然之感。这座始建于南齐的古寺，算起来已经有1500多年的历史了。不过我们此来并非为了访古寻幽，更不礼佛参禅，只是为了一饱口腹之欲而已。

事先请教过当地的朋友，面馆就在兴福寺山门外，虞山脚下的望岳楼。此楼面积着实不小，正餐还有素斋供应，早上吃面也配有几款小菜。蕈油面有两种——野生蕈和松

枫镇大面

在面下烫了一会儿的肉,咸鲜入味,毫不油腻,而且连肥带瘦能一起在口中化掉,吃了第一口,就想第二口

树蕈,我们点了野生蕈油面和雪菜春笋、香椿头、桂花鸭血糯。

面,其貌不扬,红汤,浇一大勺素炒的蕈,颜色暗淡,油汪汪的,满铺在面上,视觉角度实在勾不起什么食欲。孰料面一入口,观感立变,汤的鲜甜、浇头的醇厚在我吃过的素面里堪称一流,丝毫不逊于湖南的寒菌油面和我发明的松茸菌油面——妙在滋味之美难以言传,与我吃过的任何一种美食都没有共同之处。同行的张少刚连声称赞,认为不虚此行,我们狼吞虎咽,一大碗面很快告罄。

佐餐的香椿头是凉拌的,没什么了不起。雪菜春笋则大受好评:竹笋新鲜在江南不是什么难事,雪菜咸淡适中,鲜香醇美在今天就不大容易了。鸭血糯是常熟名物,香甜不难,关键要糯,这里的出品可算合格。

我因为早餐后要服药,刚才已经把面汤消灭得一干二净,厚着脸皮又去要了半碗,一尝才发现,不加那一勺蕈,单喝汤,也是鲜美异常,而且完全没有味精味。人言苏式面最重视汤头,其次才是面,浇头的重要性则排在第三,今日才相信确实如此。

同得兴并非苏州老字号,这几年生意兴隆,名气之大,盖过了朱鸿兴。我品尝过不止一次，有时候是我师父、美食大家华永根先生请客，有时候是自己找上门去。近几年去苏州都住在盘门的吴宫大酒店，离十全街一步之遥，早点就去街上的同得兴了。印象中吃过他家的焖肉面、焖蹄面、蕈油面、爆鱼面、素面，最欣赏的却是2017年6月吃的枫镇大面。

那次是陪父母一起去苏州，早饭去了同得兴。因为怕热，我每年都是4月和11月到苏州，永远碰不到夏天才吃得到的枫镇大面，这次总算赶上了。面端上桌，吓了一跳——冒着白气的白汤、白面上边盖着厚厚的一大块雪白的五花肉，大热的天，怎么吃得下去呢？谁知道在面下烫了一会儿的肉，咸鲜入味，毫不油腻，而且连肥带瘦能一起在口中化掉，吃了第一口，就想第二口，不到十分钟的工夫，就被我报销干净；汤亦清鲜有味，连面在内，一点儿也没剩下。

家里有本《中国小吃·江苏风味》，其中收录了枫镇大面，特别注明此面源于寒山寺附近的枫桥镇，是苏州夏季名点之一。那块五花肋条肉要清水浸泡两小时，每20分钟换水一次；放入清水锅中，旺火烧沸，捞出，冷水洗净；再加料焖煮4小时左右，冷后切块，才算成功。面汤中除了卤肉的原汤，还要加入鳝鱼骨汤、酒酿、香料、熟猪油，并"吊清"三次——如此折腾出来的汤面,不好吃才奇怪呢!为了区区一碗卖不了多少钱的汤面,肯下如此大的功夫,当今中国,除了苏州人,恐怕只有广东人了。

苏州治下的昆山是顾亭林先生的故乡,有两样特产大大有名——号称中国"四大名石"之一的昆石和阳澄湖大闸蟹,再往下排就轮到奥灶面了。

奥灶面的非遗传人刘锡安大师开了一间面馆——天香馆,大概是全国面积最大的面馆了,承大师的美意,数次邀请我和朋友去品尝。面未上桌,先声夺人,摆上八大盘浇头:焖肉、炒虾仁、爆鳝、爆鱼、燎鹅、油氽大排,外带两盘炒青菜,每人再来红汤(可配焖肉、爆鳝、爆鱼)、白汤(可配虾仁、燎鹅、大排)两大碗面,小笼包、桂花拉糕之类的小吃四款——看这阵势连午饭都可以免了。

同去的昆山餐饮名店银峰老鹅馆的总经理曹建伟兄也是厨师出身,最欣赏浇头中的焖肉。这块肉的体积足有普通面馆常规出品的两倍大,长约三寸,宽约两寸,厚约一寸,半肥半瘦,脂白皮红,在如今以低脂健康为潮流的餐桌上看起来着实有些吓人;可是只要在面下汤中稍浸片刻,吃下去毫无障碍,真是皮酥肉烂,肥肉不腻,瘦肉化渣,香中透鲜,连汤带面食之,畅快淋漓,好不快哉!

华永根先生总结出"苏式汤面至尊十二碗",包括:焖肉面、枫镇大面、炒肉面、爆鳝面、卤鸭面、三虾面、爆鱼面、冻鸡面、虾蟹面、扁尖肉丝面、开洋雪菜面、葱油蹄髈面。

看来,苏州汤面,我还有得吃。

第四七品 桂花鸡头米

芡,水生草本植物,种子称为芡实。据网络资料,芡的"浆果球形,乌紫红色,革质,外有密刺,直径3—5厘米,顶端有直立宿萼,不整齐开裂。含种子20—100个"——看起来太像鸡头了,所以芡实俗称鸡头米。我国从南到北,很多地方都有出产,比如历史上北京城内的什刹海就曾经种植,而且是岸边荷花市场夏季小吃冰碗儿中的重要食材之一,现在的北京已经很难找到鲜芡实的踪迹了,一定要买,中药铺有干品出售——芡实是名列药典的。

去苏州吃饭,宴会最后的甜品常常有桂花鸡头米,可见当地对芡实的重视。而苏州人都知道,最好的鸡头米出在南塘。南塘在苏州城东葑门外,古称南荡,"荡"者,浅水湖也,正是适合栽种芡实的所在。南塘的鸡头米稀罕在哪

桂花鸡头米

把应季的高邮湖鲜鸡头米、鲜莲子、去皮嫩藕片加冰糖、桂花同煮,冰镇,酒后上席,每人只得浅浅一小碗——芬芳隽永,爽口清心,举座为之赞叹不置

里呢？苏州朋友认为，一是口感糯，二是有特殊的清香，而且每年应市的时间很短，只有8月里的一周左右才能吃到鲜品。我一贯口福不浅——昆山银峰老鹅馆的陈黎明兄、曹建伟兄年年都专门快递一点到北京，请我尝鲜；同时传授做法：用砂锅将冰糖水煮至滚沸，投入鸡头米、糖桂花，见开关火，即成，切不可久煮。鲜鸡头米的妙处在于软糯之中夹带一点弹性，清幽的香味一尝就知道来自水生植物，却与莲子、菱角的滋味绝不相同，食之令人忘忧。

2021年夏末，陪汪朗先生到高邮小住，假座汪曾祺纪念馆的一个小院儿展示我和张少刚师傅共同研发的蟹馔。一时兴起，把应季的高邮湖鲜鸡头米、鲜莲子、去皮嫩藕片加冰糖、桂花同煮，冰镇，酒后上席，每人只得浅浅一小碗——芬芳隽永，爽口清心，举座为之赞叹不置。

从读陆文夫的《美食家》开始，就一直向往苏州传统菜品的典雅精致——真正做到了"食不厌精，脍不厌细"，每年都至少要去学习一两次。只对一道菜有不同意见，就是鸡头米炒虾仁。我主张清炒河虾仁绝不能用筷子一粒一粒夹来吃，一定要用调羹舀起，大口食之——只有这样，才能充分享受咀嚼、吞咽过程中，满口滑嫩清鲜的虾仁带给唇、齿、舌、咽喉乃至口腔黏膜、味蕾的无可替代的快感。一旦其中夹杂了珠圆玉润而带弹性的芡实，就像米饭里掺了石子儿，使人无法纵情大嚼，炒虾仁的口感马上被牺牲殆尽。与此同时，芡实高雅的清香也被虾仁和油、盐的味道掩盖——真是两败俱伤，何苦来哉！

第四八品 蟹黄汤包

南宋楼钥的《北行日录》记载了他1169年随贺正旦使团出使金朝,到达"南京"(今开封),金帝赐宴,丰盛非常,其中有"灌浆馒头"一品——看来,汤包的历史少说也有八九百年了。

我知道世界上有汤包这种点心,却是因为读了梁实秋先生的大作:

> 说起玉华台,这个馆子来头不小,是东堂子胡同杨家的厨子出来经营掌勺。他的手艺高强,名作很多,所做的汤包,是故都的独门绝活。
>
> ……一笼屉里放七八个包子,连笼屉上桌,热气腾腾,包子底下垫着一块蒸笼布,包子扁扁的塌在蒸笼

布上。取食的时候要眼明手快,抓住包子的皱褶处猛然提起,包子皮骤然下坠,像是被婴儿吮瘪了的乳房一样,趁包子没有破裂赶快放进自己的碟中,轻轻咬破包子皮,把其中的汤汁吸饮下肚,然后再吃包子的空皮。
(《雅舍谈吃·汤包》)

玉华台是北京著名的淮扬馆子,这种汤包自然是江苏的特产,镇江、扬州一带所产最为出名。遗憾的是,两个地方我都去过,也找到了有名的字号,尝试之后,只落得"乘兴而去,败兴而归";如果不是终于吃到了靖江的蟹黄汤包,对这种点心真要彻底失望了。

赵珩先生对靖江汤包印象大佳,认为胜过上世纪五六十年代玉华台的出品,当地经营汤包最著名的是南园宾馆酒家:

> 我们被安排在二楼的小厅,须臾,汤包踵至,是六个一屉盛在大笼中。笼盖方启,热气蒸腾,女服务员颇有绝技,戴着透明手套迅速将一个个汤包放在小碟之中……其动作之迅,叫人目不暇接,眼花缭乱。

也正是有此速度，那汤包是极热的。略待，轻开小窗，真个是汤如泉涌……汤包的皮子说是如纸，虽略有夸张的成分，但也就最多有普通铜版纸那样薄，晶莹剔透……馅子不但汤汁饱满，而且蟹黄蟹肉很多，汤先吮净，用筷子挑开皮儿，里面都是蟹黄和蟹肉，很少看见有猪肉。据说那里出品的汤包馅子都是有比例的，每一百斤馅子只许放四斤肉，其他都是汤汁和蟹黄蟹腿肉……这里汤包之好还在于皮子，爽滑而韧，绝不黏腻。

有趣的是，最好的汤包却出在靖江市教育局职工食堂：

落座后先喝茶，主人说要等半个小时，那做馅儿的大闸蟹是要现剥的……为的是蟹黄要新鲜。……教育局食堂的汤包不同于南园，……每年只卖三个月，也就是中秋至孟冬之间蟹肥膏满时，而且每天仅售七十笼，卖完为止。

良久，汤包出笼，热气腾腾。……汤包个个肥胖，女服务员也似南园一样熟练，提起如囊，垂而不坠，放入碟中，立时瘫软，边缘略出盘际，稍待启齿开窗，

蟹黄汤包

想做好汤包,除了制皮有一定技术难度之外,并无特别神秘之处,关键在于取深秋时节的活蟹,当天蒸熟当天使用,绝不能进冰箱

汤似涌浪，忙不迭吮吸汁水。因为蟹是现剥的，鲜香之中还略带些甜，其鲜美的确又胜南园一等。……真可谓是我平生所食最好之汤包，就是当年玉华台，也难望其项背。(《老饕续笔》，生活·读书·新知三联书店2021年版)

为吃汤包，2018年深秋时节我专门去了一趟靖江，当地朋友也说，南园宾馆名气虽大，出品却非最好，结果安排了一家其貌不扬的餐厅——当然不是教育局的食堂。负责剥蟹的女士就在店堂里当众操作，我们进入包间，稍坐，汤包上桌，吃的过程跟赵先生所述完全一样，我就不再饶舌了，确实是个儿大，皮儿薄，汤鲜蟹肥，超过平生所食一切汤包，真是不虚此行。

依我的浅见，想做好汤包，除了制皮有一定技术难度之外，并无特别神秘之处，关键在于取深秋时节的活蟹，当天蒸熟当天使用，绝不能进冰箱；馅心中蟹黄的量要足够大；客人落座之后，现拆现包现蒸；服务员上菜迅速，客人趁热食之——要保证上述所有环节不出意外，在北京、上海之类熙熙攘攘、名来利往的超大城市几乎是不可能的。只有靖江这种富庶的县级市，商业竞争没有那么激烈；守着长江，蟹也不是什么珍稀的食材，人们才有闲情逸致为一只小小的包子付出如此的精力。其实，长三角一带不要说每个县，甚至每个小镇都有自己有代表性的美食，但绝不能离开那方水土，否则一定会橘逾淮而为枳的。

第四九品 乌米饭

《山家清供》,南宋饮食笔记,林洪撰。所记并非都是乡居的粗茶淡饭,也有当时的御膳、官府菜。作者以此名书,一是传统中国文人在为自己的书斋、著作命名之类的问题上喜欢自谦,以表现风度;二来作者所提倡的饮食美学也贯穿着清新、恬淡、内敛的风格,乃至退隐、求仙的精神追求。

不过,其中记载的"青精饭"却是不折不扣、如假包换的山家清供:

> 南烛木,今名黑饭草,又名旱莲草,即青精也。采枝、叶,捣汁,浸上好白粳米,不拘多少,候一、二时,蒸饭。曝干,坚而碧色,收贮。如用时,先用滚水量以米数,煮一滚,即成饭矣。(中国商业出版社1985年版,第1页)

我在宜兴紫砂大师周桂珍的寒碧居尝过此饭。蒸熟上桌,晶莹乌润,色如墨玉,撒上少许白糖,入口微糯弹牙;黑饭草香此前从未闻过,无从比拟,既清新,又沉郁,毫无青草的生腥气。

据周大师说,宜兴一直保持着农历四月初八吃乌米饭的习俗,并视为家常。早年都是自己动手去采集乌饭草的叶子,浸泡糯米(要掺入少许粳米);如今市场有批量蒸熟、"曝干"的乌米售卖,回家蒸软即可。四季可食,咄嗟立办。

我忽然有一点感动——一千年前的风俗就这样平平淡淡地延续在江南水乡。我们匆匆走过,朴素的它偶然闪烁,大多数人根本不会注意,更别说停下;有心人如我,放慢脚步,流连一番,也得离开,今生不知何时能再相逢。

缘聚缘散,我们就这样急着赶路,真的有意义吗?

第五〇品 豆花饭

我于巴山蜀水,特别有情,两到重庆,三到成都,一上峨眉,但见山水清秀,人物安逸,饮食丰美而价廉,更难忘的是乡间的美味。

当地朋友告诉我,到重庆必吃的美食有"桥头火锅""船上豆花鱼",尤其不能漏掉"南山泉水鸡"。南山的农户以院中井水烧当地土鸡,鸡切块,加大量辣椒、花椒,先炒后煨,鸡皮乌黑,辣椒鲜红,一盆鸡半盆油,香气扑鼻,极麻辣,极鲜美。我本不嗜辣,那次却身不由己,纵情大嚼,一发而不可收。

成都市里餐厅不少,小吃以外乏善可陈,倒是不远的青城山后山有一古镇,"农家乐"值得一尝。我最爱的是"蒸

豆花饭

可能是泡黄豆的水好,那么简单朴素的豆花蘸一点剁碎的豆瓣酱竟很下饭

老腊肉"。其与寻常货色的区别在于，山中农家自己养猪、腌制，经过好几年烟熏，外表漆黑如墨，卖相极差，有洁癖的"小资"未必敢于入口；一旦蒸熟切片，瘦肉稍硬，黑里透红，越嚼越鲜，肥肉透明似水晶，口感弹牙，毫不肥腻，香醇无比。这等美味，只能求之于山野乡间，成都市里餐厅的腊肉与之相比，天差地远，完全是两种食材。与之相似的还有"老香肠"——也是烟熏有年，由于拌馅时加了花椒、辣椒，比腊肉多了麻辣味，另有一般诱人之处。

峨眉山市的街边小铺售卖"豆花饭"，菜色冷热荤素有二十来种，核心内容是豆花配糙米饭（估计是双季稻的早稻，入口松散，毫无"油性"，甚至有点"刺嗓子"）。可能是泡黄豆的水好，那么简单朴素的豆花蘸一点剁碎的豆瓣酱竟很下饭；配饭的还有煮白萝卜，品种大佳，连盐都不放，甘甜得很，可以白嘴吃一大碗，嫌淡不妨也蘸一点豆瓣酱，估计要是加牛肉一起煮肯定是人间至味。米饭和泡菜都是按人头交钱，可以无限量添加的，泡菜主要是殷红色的甜椒、象牙白色的苦笋——不仅不苦，而且微甜，在我平生吃过的泡菜中堪称第一。

香港家全七福的蟹肉瑶柱蛋白炒饭也是我的最爱，与峨眉山街头的豆花饭相比，一个极奢华、极讲究，一个极质朴、极家常，正好是美食境界的两个极端，却各得其美——我辈老饕食之，同样的不亦快哉！

第五一品　过桥米线

过桥米线应该是云南最有名的小吃了，我很小的时候，还根本不知道云南在哪里，就从一本什么书上知道了过桥米线。

写过桥米线，最传神的莫过于汪曾祺先生，以下偷个懒，照抄先生的散文大作《昆明的吃食》：

> 原来卖过桥米线最有名的一家，在正义路近文庙街拐角处，一个牌楼的西边。这一家的字号不大有人知道，但只要说去吃过桥米线，就知道指的是这一家，好像"过桥米线"成了这家的店名。这一家所以有名，一是汤好。汤面一层鸡油，看似毫无热气，而汤温在一百度以上。据说有一个"下江人"司机不懂吃过桥米线的规矩，汤上来了，他咕咚喝下去，竟烫死了。

二是片料讲究，鸡片、鱼片、腰片、火腿片，都切得极薄，而又完整无残缺，推入汤碗，即时便熟，不生不老，恰到好处。

……

为什么现在的汽锅鸡和过桥米线不如从前了？从前用的鸡不是一般的鸡，是"武定壮鸡"。"壮"不只是肥壮而已，这是经过一种特殊的技术处理的鸡。据说是把母鸡骟了。我只听说过公鸡有骟了的，没有听说母鸡也能骟。母鸡骟了，就使劲长肉，"壮"了。这种手术只有武定人会做。武定现在会做的人也不多了，如不注意保存，可能会失传的。我对母鸡能骟，始终有点将信将疑。不过武定鸡确实很好。前年在昆明，佤佤族女作家董秀英的爱人，特意买到一只武定壮鸡，做出汽锅鸡来，跟我五十年前在昆明吃的还是一样。

人真是坏！为什么要跟家禽、家畜的生殖器官过不去呢？

我没学过畜牧学，胡思乱想的结果如下：一是发情期的雄性动物为了争夺配偶，会产生激烈的内讧，给饲养场带来不必要的损失；二是性激素会使禽肉、畜肉产生人类不喜欢的异味，影响食用；三是被阉割过的禽、畜不好动，容易快速育肥，肉质比较细嫩。我还从一本日本养牛专家的著作中看到一个观点：没有交配过的小母牛肉质最佳。后来，有机会去云南文山广南县考察当地特产的高峰牛，接待热情非常，特地宰了一头小母牛，我设计，同行的北京名厨张少刚和大徒弟董勇新动手，做了一桌全牛席，果然滋味大佳。尤其这个牛种的"上脑"部位，有一个高耸的"肉瘤"，仿佛驼峰，"肉瘤"中的肉特别肥嫩，同样布满类似"霜降牛肉"的花纹，生食入口化渣，虽然脂肪含量不如黑毛和牛，但牛肉的香味浓郁，犹有过之。

昆明我只去过一次，来去匆匆。一天早晨，朋友特地请我们品尝过桥米线，字号已经忘了，只记得店堂轩敞，装修简陋，环境却是清清爽爽。云南人民热情豪放，汤碗巨大，汤清而鲜，米线爽滑而略带韧性。至今记忆犹新的是，这一趟云南美食之旅去的地方不少，吃鸡也不止一次，当地的鸡汤与其他地区相比，有一种特殊的清甜味。这是由于鸡种特别，还是水质优异，或许两者兼而有之？我一直没弄明白。

最后，忍不住要说几句煞风景的话：关于过桥米线，有

过桥米线

汤碗巨大，汤清而鲜，米线爽滑而略带韧性

一个所谓秀才娘子过桥送米线的传说，我以为无非是从"过桥"两字附会而来——餐饮领域这种望文生义的传说历来就有，不在少数。中餐的"过桥"有两种含义：一是生料切成薄片上桌，当着客人的面拨入高温的汤汁中烫熟；一是长三角地区吃过桥面，陆文夫先生解释为"浇头不能盖在面碗上，要放在另外的一只盘子里，吃的时候用筷子搛过来，好像是通过一顶石拱桥才跑到你嘴里"。米线之所谓"过桥"，指的就是将米线与各色生片、滚烫的鸡汤分别盛装，上桌后将生片拨入鸡汤烫熟，最后倾入米线的过程而已。明朝初年曾有相当数量的苏南富户被朱元璋强行迁往云南，苏南一带早点吃一碗过桥面是极为平常的事，我甚至疑心过桥米线就是因为移民的这一生活习惯被发明出来，只是用米线代替了面条，用各色生片顶替了焖肉、虾仁之类的浇头，就像客家人到了闽广一带，不得不用当地盛产的大米替换不容易得到的小麦制作各种小吃一样。

广东的粥

广东的粥包括两个主要流派：广州的粥和潮州的糜。煲粥重在火候，要用新米，煮得汁液如乳，米烂如糜，糜水交融，方称上品。有趣的是，广府菜所说的"粥"其实是把米煮到碎烂的"糜"，潮州菜所说"糜"却是米粒完整的"粥"。

广州的粥有及第粥、艇仔粥、鱼生粥、皮蛋瘦肉粥、猪红粥诸多名目，制作方法大同小异。总的来说，先将大米、腐竹、江瑶柱等主辅料加猪骨汤煲成粥，是为"味粥"；然后再用滚开的味粥把猪肉丸、猪肝、猪粉肠、猪血、鱼片等各色食材烫熟，最后加各色小料，如葱花、姜丝、炸花生仁、炸粉丝等等。广州我不熟悉，但上世纪80年代，随着粤菜北上，北方地区也能叹早茶，喝老火粥，当时视为时髦的高级享受。

90年代，我做美食记者，一次智齿发炎，口既不能张，又不能闭，恰逢去北京王府饭店采访，香港大厨区先生特制一盅瑶柱粥奉上，滋味醇鲜，落胃暖心，至今难忘。

2020年之前，每年暮春时候都去潮州找叶汉钟先生问茶，叶汉钟先生藏茶品种极丰，似乎永远也喝不完，晚饭后继续喝到醺醺欲醉，再去消夜——就是喝粥，潮州人叫"食糜"。白糜（即白粥）最常见，食白糜之意不在糜，而在"杂咸"。

到了潮州，所谓"咸菜"，成为一个小概念，特指用大芥菜腌制的咸菜；更高一级的概念叫作"杂咸"，指一切佐食白糜的小菜，品种约一百以上，鱼饭虾苗，泥螺薄壳，榄菜香腐，菜脯杨桃，都收归名下。我最喜欢大排档消夜的氛围，就着或明亮或昏黄的灯光，在十几甚至数十种杂咸中挑挑拣拣，然后一边尝试干湿咸淡不同的新鲜味道，一边稀里呼噜地食糜，痛快淋漓，乐而忘倦。

白糜之外，还有"香糜"。张新民先生认为，香糜"是指调过味并且加入其他食材的稀粥"，我只吃过其中的砂锅糜，以小砂煲现点现煮，可以加入鸡肉、排骨、鱿鱼、螃蟹、鳝鱼等等。大米似乎事先用水泡过，先煮白糜，煮至将熟,再将切好的食材入锅,同时加入冬菜、鱼露、胡椒、香菜等配料(《潮汕味道》,暨南大学出版社2012年版,第130—133页)——个人品尝过加(人工养殖的)鲎鸪和膏蟹的,春夜沉沉,围炉食糜,汗出如浆,蟹膏肥厚,鲎鸪清鲜,滋味之美,非经过者不足与之言。

第五三品 腌面

我的祖籍是广东省大埔县，位于粤东北山区，居民主要是客家人。

祖父抗战前就离开家乡，到上海读大学，我们这一支很少回去，茶阳的老家也没有什么太近的亲戚。我第一次回大埔已经是四十岁以后了。刚好有一位在北京做生意的同乡要回三河坝探亲，邀我同行，临时决定，回乡一游。

到了大埔才知道，什么叫崇山峻岭，真是"地无三尺平"，几乎没有环境污染，社会发展水平在广东还是落后的，可以想象，客家先民初到此地，筚路蓝缕的万种艰辛；也可以理解，为什么客家菜的特点是"咸、香、肥"——非如此实在不足以果腹、解馋。

印象最深的吃食只有两样：一是盐焗鸡，这是经典的客家菜，国内大城市吃过的盐焗鸡都是肥嫩异常，大埔的出品却是肉质紧实，一看用的就是走地鸡；另外一种就是腌面。

腌面是当地最普通也最有特色的早点，我们去的也都是简陋至极的小店。

机器新压出的面条，由于加入食碱，颜色微黄（吃起来并没有碱味，仅就用碱的分寸而言，我以为超过省港地区的竹升面），煮至刚刚断生，捞入碗中，拌上一点点鱼露、大油、葱花，趁热食之，就是一顿早饭。讲究一点，还可以配一碗肥厚而没有什么特别之处的猪杂汤。

如此简单的拌面，滋味如何呢？葱香、猪油的肥厚、鱼露的鲜香（或者臭？）附着在筋道的面条上，混合得恰到好处，相互生发，极为开胃，还没顾得上咂摸滋味，一大碗面就稀里呼噜地进了肚子。

据网上的资料介绍，客家人把在烫熟的食物中加入调料，拌匀食用，叫作"腌"。所以，腌面不是用盐或酱腌制的面条，而是与北方的捞面或拌面同宗。据说还有往面里加肉末和油炸蒜蓉的——我在大埔，天天早上以此为食，不知道是不是请客的朋友财迷，确实没有见过一星半点的肉渣和蒜末。

大江南北，东洋西洋，余平生食面多矣，以简单质朴而论，吾乡腌面当考第一。

潮州牛杂

第五四品

每年暮春时候,都要去一次潮州,主题是乌岽山问茶。登山那天的早点一定是在西湖边上吃镇记牛杂——顺路是原因之一,二来全国似乎只有此地有此风味,一段时间不吃,着实令人想念。

个人以为,牛杂堪称潮州小吃第一名品,惜乎不像牛肉丸那样煮熟之后可以致远,所以在外地的名气远不如后者响亮。

其他地方也有吃牛杂的,除了北京爆肚儿,以红烧、卤、酱者居多,潮州的做法却是白灼。汤是牛骨汤,绝无酱油或五香料,牛瘦肉、牛心、牛肝都切成薄片,在汤中稍滚即熟;牛肚稍微复杂一点,"肚仁"和"百叶"两个部位是生灼,"肚板"则事先煮好;牛肉丸本来就是熟的。

我爱此牛杂,固然因为味美,更敬佩潮州人民追求美食的精神境界——上述牛的不同部位要分别治净、切好,老板亲自临灶,每碗都是现点现煮,一早开张,天天如此,需要多少工夫和耐心?而一大碗(女生肯定吃不动)的价格过去是20余元,如今不过40元而已。赚不赚钱我无从判断,离开讲求美食的潮州,有谁肯费此心力去给平民百姓料理这种精细的街边小食呢?

名曰"牛杂",其实是带汤的主食,面、粿条、粉,三种材料任选其一。面,到处都有;粉,太细,入口偏干;我最爱粿条——用米浆制成,雪白粉嫩长条,与河粉很像,而软韧爽滑过之。

端上来是连汤带水满满的一大碗,自上而下,分为三层:牛杂、粿条、豆芽。牛杂上放一撮南姜末——南姜在潮州的调味品里占有重要地位,比如著名的潮州卤鹅,卤制过程中肚子里就填满了南姜——祛膻提香就靠它了。

每人面前有一个小小的味碟,里面浅浅一抹殷红的潮州辣椒酱。此酱的优点是其中不掺糖、油、蒜蓉和其他任何杂味,除了纯粹的辣椒的香辣味就是咸味,用以蘸食牛杂,色味皆美,但绝不可混入汤中——这样吃起来才富于层次变化。

潮州牛杂

端上来是连汤带水满满的一大碗,自上而下,分为三层:牛杂、粿条、豆芽

嚼几口牛杂，吸一口粿条，喝一口清汤，不一会儿额头就微微见汗；一碗食罢，身心俱泰，气定神闲，就此登山吃茶去也。

镇记号称潮州牛杂名店，第一次来还是排档风光，如今已经"鸟枪换炮"，盖起两层小楼了。马路对面就是西湖景区，水面狭长，山水四时皆绿。对岸山脚有灰白色洋楼一座，名曰"涵碧"。1927年"南昌暴动"后，贺龙部占领潮州、汕头，周逸群在此设司令部，七日后撤走，号称"潮汕七日红"云云。故老相传，周恩来当年曾多次登临此楼，现已成文物保护单位矣。

不知道什么缘故，每次登楼眺望，总是想起板桥道人《道情》中的两段：

老渔翁，一钓竿，靠山崖，傍水湾，扁舟来往无牵绊。沙鸥点点轻波远，荻港萧萧白昼寒，高歌一曲斜阳晚。一霎时波摇金影，蓦抬头月上东山。

老樵夫，自砍柴，捆青松，夹绿槐，茫茫野草秋山外。丰碑是处成荒冢，华表千寻卧碧苔，坟前石马磨刀坏。倒不如闲钱沽酒，醉醺醺山径归来。

潮汕朥饼

第五五品

9月底去潮州和武夷问茶,中秋肯定在武夷山过了,久闻潮州月饼的大名(当地叫作"朥饼"),打算买一点送人。

离开的前一天,潮州茶人叶汉钟先生晚餐后带我去买饼,问了几次路才找到韩江东岸红厝公路边的一间小店,字号叫作"石生发"。9点多了,居然有人排队,都是本地人。就像上海的鲜肉月饼,现制现卖,昏暗的灯光下,只闻到熟猪油混合了香葱的厚重味道,叶也受不了诱惑,买了一盒。

形象极不起眼,可以说"土气"到家了——就像北方常见的酥皮点心,颜色深黄,直径两寸多,厚约半寸许,当时真心不觉得会有多好吃。

店家殷殷叮嘱,饼刚烤好,塑料袋一定不能封口,要敞开一晚,冷透了,再系好,极粗糙的纸盒只能自己找胶带封一下——于是我在宾馆的客房里就熏着猪油香葱睡了一夜。

带到武夷山,第二天就是中秋,喝透了白岩的水仙,加上受不了那"世俗"香味阵阵袭来的诱惑,忍不住吃了一块——皮薄馅丰,馅心包括糖、糖腌过的脂油丁、香葱、芝麻,皮肯定也是用猪油起酥,除了不健康得要命,实在没什么特别之处,但确实是好吃,又说不出好吃在哪里。

在潮州开元寺附近,也买过豆油制的素馅月饼,有红豆沙、绿豆沙、莲蓉几种,外形略小,吃起来平平淡淡,远不如猪油的制品诱人。

网上有署名"北极"的《"潮汕朥饼"的传说》,介绍"潮汕朥饼"云:

> 潮人制作的月饼,称为潮式月饼,本地人称为"朥饼"。
>
> ……
>
> "朥"字,潮汕方言指猪油。顾名思义,用猪油掺面粉作皮包甜馅烤焙熟的饼便是朥饼。以其馅料不同,朥饼分为绿豆沙朥饼、双烹朥饼、乌豆沙朥饼和水晶朥饼。

……

潮汕朥饼特点有以下几点：1.主要原料为猪油：潮州月饼一定要用潮州本地猪的猪朥来炸油，因为这样的猪油味道才极为柔软香滑，清凉，不硬，口感好。 2.皮酥薄脆：传统中讲究的"水油立酥皮"的"起酥"工艺得到完美体现，百般翻转、千番压叠的外皮入温油一炸，层次分明的外观如牡丹展姿层层绽放，酥皮一碰即落，入口即化……3.储存方式独特：……传统的潮式月饼馅料都会盛于陶制大水缸埋于地下（现今虽然不用一年之久，但也需要两个月），"退火"至隔年方取作馅，故清爽凉喉。 4.风味独特：香、甜、软、肥。因其饼皮是用猪油与面粉调制而成的酥皮，馅料以糖、冬瓜、白膘丁、香葱、熟猪油、芝麻等配制而成。 5.外形扁平且圆：潮式月饼造型小巧，饼身较扁，但都是正圆形，饼的正反面还盖上红色的印戳…… 6.工序繁杂：……采用手工制作。

个人以为，朥饼美味的最大原因是皮、馅中都投入了大量的猪油，而且必须是"退火"的猪油，才能保证既有美妙的香味、口感，又肥而不腻——关于这一点，唐鲁孙先生在写北京饽饽铺时也有记录。

再有就是馅心中的脂油丁事先用白糖腌透，入口甜蜜温馨，不觉其腻；糖渍冬瓜的酥、脆、沙、甜的滋味，仿佛北京果脯中的瓜条，给馅心增加了"骨架"，使得大量油、糖加上细腻的豆沙成为背景，无形中缓解了过分油润腻口之弊。

香葱、芝麻的混合往往出现在咸味的食物中，给食客带来一点点咸味的心理暗示，不仅增香，而且解腻，功不可没。

酥皮中的些许咸味使朥饼更香，也使甜味有了依托，变得甜而不腻。

我的故乡广东省大埔县1965年才划归梅县专区，这以前一直属于潮州。祖父当年离开茶阳去上海读书，也只有乘船沿韩江经潮州到汕头出海一条路。想来我的祖辈过中秋也应该吃过这样的月饼吧。

海南鸡饭

第五六品

我对国内机场的餐厅,一贯没有什么期待,但香港的赤鱲角机场是个例外。每次从香港回北京,都会到机场的翠华茶餐厅走上一遭,如果正好是吃饭的时间,一定会叫一份海南鸡饭套餐,时间不对或者来不及的话,也要打包两例白切鸡带回去——严格说来,鸡饭里的鸡与粤菜的白切鸡是有区别的,但实在无以名之,只好暂且借用一下了。

据说,套餐里的米饭是用鸡汤、香茅、香叶煮出来的,我不觉得有什么精彩,最爱的就是套餐里的白切鸡,在明档当场出骨斩件,香肥滑嫩,不柴不腻。尤其难得的是,皮色的金黄完全来自皮下脂肪,而不是一些粤菜餐厅用栀子黄等色素渲染出来的不自然的黄色。上世纪80年代以来,粤菜北上西进,对全国各地的中餐产生了巨大的影响,这种影响多数情况下是正面的,但也不乏负面的东西,用栀子黄染色只是其中之一端，流毒更为深远的是小苏打、木瓜蛋白酶之类的嫩肉剂的滥用，开始不过是用于干炒牛河、炒鸡球、叉烧肉，后来则发展到黑椒牛柳，甚至宫保鸡丁、鱼香肉丝。我对此一贯深恶痛绝，去陌生的餐厅，只好竭力避免点上述菜品；到了熟悉的地方，干脆直接请教厨师长：食材是不是用苏打粉腌过。

鸡固然美味，但配给的两种调料却一般，一款有姜蓉，一款有酱油，但入口黏黏糊糊、不清不楚。我特地去搜"翠华"的官网，始知鸡饭是该店"十大名菜"之一，关于酱料的配方却是故弄玄虚、秘不示人，只说是："佐以特色海南鸡酱，烘托出点点南洋风味。"

刚好也搜出了新加坡作家黄美芬对"翠华"鸡饭的评价："金黄的去骨白切鸡，味浓、皮薄且爽口……可惜辣椒酱料就不到位了，好的鸡饭辣椒酱，应该用新鲜辣椒蓉、蒜蓉、甘酸汁，再加上一点鸡油来调和，味道就更传神了。"

你不是号称"南洋风味"吗？南洋朋友说你的酱料"不到位"哟！

关于海南鸡饭的发明权，还涉及"国际争端"：新加坡

海南鸡饭

最爱的就是套餐里的白切鸡,在明档当场出骨斩件,香肥滑嫩,不柴不腻。

和马来西亚都说是自己的原创。最早制售鸡饭的确是马来半岛的华人，时间是20世纪初，而当时的新、马属于同一个英国殖民地，马来西亚独立是二战之后的事情，新加坡从马来西亚独立出来已经是1965年了——所以，和个稀泥，说鸡饭源于英属马来半岛，应该没有争议。

还有一种观点，认为其源于海南的文昌鸡饭，这就值得费点口舌了。

我有一个不成熟的观点：凡是特别标出地名的美食，往往与该地区有一定联系，但却未必属于那里的饮食体系。

比如京酱肉丝，就是川菜而不是北京菜，不过是用了北京的甜面酱做主要调料而已，四川厨师特别标明是"京酱"；真到了北京，上至烤鸭，下到炸酱面，用调料就叫甜面酱，从来没有、也没必要叫什么"京酱"。

扬州炒饭是福建人伊秉绶带到扬州知府任上的广东厨师发明的，属于粤菜，以扬州冠名只是纪念发明地而已。谓予不信，可以比较一下扬州与广东、香港一带的出品，质量天差地远，而且粤菜的炒饭已经发展成了一个非常丰富的体系。淮扬菜博大精深，精彩之处不输粤菜，完全没有必要争夺区区一道炒饭的发明权。

海南鸡饭早已深入新、马人民的日常生活，创制这一名吃并使之发扬光大者肯定是南洋华人,至于发明之初,很有可能受过文昌鸡饭的启发,故以"海南"冠名——依我看来,仅此而已。

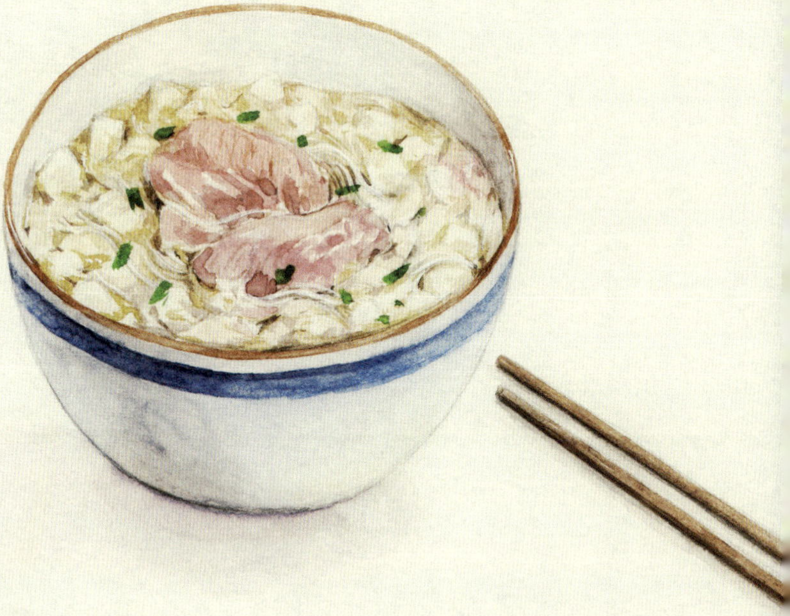

白水羊头

第五七品

梁实秋先生的《雅舍小品》中有一篇叫作《馋》的文章，描摹他抗战时期在重庆多年"痴想"之后，第一次与羊头肉重逢的时刻，传神阿堵，读者看了都会觉得解馋：

> 我曾痴想北平羊头肉的风味，想了七八年。胜利还乡之后，一个冬夜，听得深巷卖羊头肉小贩的吆喝声，立即从被窝里爬出来，把小贩唤进门洞，我坐在懒凳上看着他于暗淡的油灯照明之下抽出一把雪亮的薄刀，横着刀刃片羊脸子，片得飞薄，然后取出一只蒙着纱布的羊角，洒上一些焦盐。我托着一盘羊头肉，重复钻进被窝，在枕上一片一片的羊头肉放进嘴里，不知不觉地进入了睡乡，十分满足地解了馋瘾。

我初读此文，在上世纪80年代末，还在大学读书，浑浑噩噩——当时读雅舍散文的动机主要还出于对鲁迅笔下"丧家的资本家的乏走狗"的好奇，结果竟发现这是一位幽默可亲的老人，写一手漂亮散文的文坛大家——但馋的程度绝不亚于梁先生。走街串巷的小贩早已绝迹京华，大学生尚不能自食其力，也就无法特地去找，但却记住了冬夜"暗淡的油灯"下"片得飞薄"的"羊脸子"和"蒙着纱布的羊角"。

以后，也吃过几次羊头肉——现在都叫白水羊头，白则白矣，却都是直刀厚片，片小而碎，肉本身又无味，吃起来还不如南方带皮的羊糕有意思，"片得飞薄"半透明的羊脸子似乎已经是一个传奇。

一次，《周末画报》约我写白水羊头，我想了想，还是去请教陈连生老先生吧。

陈连生一辈子在南城从事餐饮业，任宣武区（今西城区）著名清真老字号"南来顺"经理达30年之久，堪称北京清真菜和小吃的"活字典"，与人合著有《北京小吃》一书。如今"退而不休"，在牛街吐鲁番餐厅当总经理。

电话打过去，答应得很干脆："来吧。"

白水羊头

片片有肥有瘦有皮有肉,入口冰凉爽脆,软韧细嫩,香肥咸鲜

到吐鲁番餐厅一看才知道，白水羊头是他们日常供应的凉菜之一，而且加工过程基本遵照传统工艺——剥洗干净，旺火煮七成熟，出骨后入凉水中浸泡，最关键的是专门有一位厨师负责将肉横刀"片得飞薄"。为了拍照，特烦厨师当场表演，长刀薄刃，脍缕裁冰，洵是绝技。

梁先生文中的"焦盐"实为"椒盐"，一般无非是将盐和花椒末混合而成，这里还是悉遵古法——以大粒粗盐入砂锅微火焙干，研碎；花椒也如法炮制成碎末，再加些许丁香粉、砂仁粉，拌成椒盐，另有一种略带药香的沉郁芬芳。

白水羊头色白洁净，薄如厚纸——薄到如此程度，椒盐方能使肉得味，片片有肥有瘦有皮有肉，入口冰凉爽脆，软韧细嫩，香肥咸鲜，有化的感觉；椒盐渐渐化在口中，味道也同时逐次变化，咸、香、麻之后，突出的是羊肉的本味。如今，这种不带味精、质朴本真的滋味在中餐里早就稀如星凤，多数国人出国要吃中餐，带咸菜，因为大多数国外的厨师根本不会用味精、鸡精。

清初陆次云形容龙井茶云："啜之淡然，似乎无味，饮过后觉有一种太和之气，弥沦于齿颊之间。此无味之味，乃至味也。"——白水羊头是这样，许多美食也是如此。

爆肚儿

第五八品

梁实秋先生写《雅舍谈吃》多及旧京美食,谈到的小吃不多,其中就有爆肚儿:

> 肚儿是羊肚儿,口北的绵羊又肥又大,羊胃有好几部分:散淡、葫芦、肚板儿、肚领儿,以肚领儿为最厚实。馆子里卖的爆肚儿以肚领儿为限,而且是剥了皮的,所以称之为肚仁儿。爆肚仁儿有三种做法:盐爆、油爆、汤爆。
>
> ……
>
> 东安市场及庙会等处都有卖爆肚儿的摊子,以水爆为限,而且草芽未除,煮出来乌黑一团,虽然也很香脆,只能算是平民食物。

文章写于上世纪80年代，四五十年前的旧事，像羊胃的不同部位，还能记得那么清楚，委实难得。但百密一疏，把"芫爆"——以大量芫荽（即香菜）为辅料来爆——误写成了"盐爆"；对东安市场爆肚儿的评价也欠公允——因为我刚刚品尝了"金生隆"。

"金生隆"的爆肚儿分羊肚、牛肚两种，羊肚又分葫芦、蘑菇、食信、蘑菇头、肚板、肚领、散丹（即梁先生所谓"散淡"）、肚仁等八个部位；牛肚则只有肚仁、百叶、百叶尖、厚头四个名目。另外，还有"羊三样""羊四样"，那只是几个不同部位的组合而已。

品尝这许多形状、口感、味道不同的爆肚儿，确是一件乐事。最常见的牛百叶黑白分明，极脆，嚼后无渣；牛肚仁雪白，水分多，极嫩，微脆；蘑菇头集六七只羊才得一盘，鲜美滑润，回味带一点儿甜；食信是羊的食管，根本嚼不烂，讲究的是痛痛快快地嚼，隔两张桌子还能听到"咯吱咯吱"的声音，最后整吞整咽；羊肚仁最嫩，也最贵。

爆肚儿的调料不过是芝麻酱、酱油、醋、香菜末、少许葱花、几样香料，绝无味精，简单，味淡而香，能去腥膻，据说窍门在调料的配比。

大轴是一小碗爆肚儿汤——爆过肚的滚汤冲入吃残的调

料碗，鲜香浓热，再来个芝麻烧饼，齐了。

吃完爆肚儿，听"金生隆"第三代传人冯国明聊爆肚儿，聊老东安市场，如闻天宝遗事。

上世纪初，冯国明的祖父就在东华门一带卖爆肚儿，那会儿还没有东安市场呢。后来进了东安市场，市场里光是卖爆肚儿的就有六七家，除了他家，还有"爆肚石""爆肚王"……

据冯国明讲，老北京的爆肚儿分东安市场和南城天桥两派。逛东安的有钱人多，这一派的爆肚儿口味清淡，像葱花，就放那么一点儿，有点儿意思就得；逛天桥的穷苦人多，爆肚儿口味就重，得加卤虾油、酱豆腐（此说法网上有异见，姑存备考）。

早先卖爆肚儿是在摊儿上挂个新鲜的羊肚，客人指哪儿刺哪儿爆哪儿，当时论价。别小瞧这小小的羊肚，能分成十一二个部位，加工起来也有一套特殊的手法，分选料、洗、裁、切、爆五道工序，一点儿不能含糊。

当初"金生隆"一礼拜总得有三两天不营业，去大宅门出外会（指厨师应邀到顾客家里或餐馆以外的其他场所提供餐饮服务）。会吃的主儿，讲究从最有嚼头儿的葫芦吃起，爆一盘吃一盘,一盘换一个样儿,一直吃到最嫩的肚仁。

吃爆肚儿得喝白酒——因为喝白酒的人老想嚼点儿什么。

按冯国明的说法,做好爆肚儿没什么诀窍,一是不能偷工减料,而且三代人百年来一直如此;二是别商人气太重,别太把它当生意。

"爆肚儿不过是个小吃,是个玩意儿。"——冯国明想了一下又说:"是个作品。"

不错,爆肚儿是个作品。

炸羊尾

第五九品

北京东来顺有一道如今已经很少见的甜点，叫作炸羊尾（"尾"字在这里要按照北京方言的发音，读如"矣儿"）——其中并无羊尾，是用高丽糊裹上豆沙馅，炸成仿佛提浆月饼大小的扁圆柱体，撒上白糖，趁热食之，松软香甜，特别适合牙口儿欠佳的朋友。我每年深秋时节总要去一两次东来顺，事先特别约请该集团的非遗传人陈立新大师同席，品尝他亲自动手切的"麻利儿冻"的羊肉片，而这一桌盛宴的"大轴儿"甜品一定是炸羊尾。

我查到的所有资料，都说这道小吃的原版真是用绵羊的尾巴做馅，后来嫌油腻，才用豆沙馅代替了羊尾。羊尾，我还是吃过的。涮羊肉的时候，总是喜欢先下一盘切成薄片的羊尾，"肥"一下汤，再开始涮肉。这玩意儿，几乎就是一兜纯粹的羊油，要是做成馅或者切块，挂糊炸着吃，羊油受热融化之后，就算是咸的，估计都会膻得无法入口，何况是甜品？再说，这又有什么吃头儿呢？国人的饮食在相当长的历史时期内确实缺乏脂肪，但因此就炸羊油吃，还是难以想象的；非要吃的话，最好是涮，否则宁可加土豆或者萝卜红烧，也许还能入口。依我的猜测，炸羊尾最早的版本很可能是把羊尾油切成薄片，卷上豆沙馅，挂糊（未必是高丽糊）油炸；羊油受热融化，在炸好的成品中变成一层薄膜（在火锅中久煮的羊尾同样如此，也只有这样的羊尾才能吃下去），裹着香甜的豆沙，应该不难吃。即便如此，还是有人不喜欢羊尾的膻味，设法改良的结果是彻底"告别"了羊尾，改用高丽糊裹豆沙了，空余炸羊尾的虚名，流传至今。

炸羊尾，看着不起眼，却有相当的技术难度，严格意义上讲，它是宴会上的甜品而非街头巷尾的小吃，也没听说过哪家小吃店以此为号召。

首先是打蛋清糊，过去是用筷子，手工操作，要打到使筷子能插在糊里在碗中直立不倒的程度，才算合格——此时掺入淀粉，搅匀，即为高丽糊——负责操作的厨师还是蛮辛苦的。现在有了电动的打蛋器，这道工序变得简单了。其

炸羊尾

其中并无羊尾,是用高丽糊裹上豆沙馅,炸成仿佛提浆月饼大小的扁圆柱体,撒上白糖

实，认真考究起来，电动打蛋器的转速太快，搅打过程中会产生高温，跟手工搅打出的蛋清糊还是有一点区别的，好在如今的食客也没那么讲究，这点小小的差别可以忽略不计。

蛋清糊在西点中用处甚多，不过，搅打时要加糖，打好之后叫作蛋白霜，主要用来制作海绵蛋糕和某些奶油酱慕斯，也可以直接烤熟（比如著名法式甜点马卡龙的外壳就是烤掺了杏仁粉的蛋白霜）；打发蛋白的目的同样是要利用其中的空气，增加松软或酥脆的口感。但像中餐这样炸来吃的，似乎没有。

再有就是最后的炸制，用泡沫状的高丽糊包裹豆沙馅，下锅炸成金黄色，尽管这个过程可以借助模具，但对厨师技术的要求还是相当高的，用过去的话说，"力巴儿"是干不了的——这一点，即便是外行，也可想而知。

羊肉泡馍

第六〇品

　　平生足迹未到陕西，但不知道为什么，很早就听说过羊肉泡馍，这应该算是陕西最有名、流传最广的小吃吧？

　　终于，1991年，西安的老字号"同盛祥"在北京长安街台基厂路口的东南角开了分店——买卖不大背景却着实了得，合作方居然是鼎鼎大名的北京饭店。有趣的是，1992年春天，北京的第一家，也是当时世界上面积最大的麦当劳就开在同一个路口的东北角。泡馍是农耕文明的产物，讲究客人自己手掰饦饦馍，要慢条斯理，边掰馍边闲聊，与现代资本主义市场经济快餐文化的代表隔街相望，相映成趣。更有意思的是，这两家店都没能在当时北京最繁华的路口坚持多久。麦当劳是2000年的时候给东方广场腾地儿，据说拿到巨额补偿之后挪到了东方广场的里边。忘了是哪一年，同盛祥也动了地方，搬到路口西北角北京饭店后身儿的霞公府胡同；再后来，霞公府拆迁，北京的这家同盛祥也就偃旗息鼓了。再想吃泡馍，就只能去新街口的西安饭庄——搜了西安旅游集团的官网才知道，这家国营餐厅是1954年，特地从西安同盛祥选调了泡馍技师到北京开起来的，坚持了60多年，确实很不容易（绝大多数外地著名老字号到了北京，往往难逃"逾淮为枳"的下场），他家泡馍的口味，如今在北京就算不错了。

个人以为，一份合格的泡馍有三个要素：一汤，二馍，三肉。

汤要清而鲜，还带一点儿若隐若现的香料味，以压住羊膻味，烘托出肉香。服务员端走掰碎的馍时，客人有权对汤的量提出要求。我喜欢宽汤，行话叫作"水围城"；喜欢汤紧一点的，可以要"口汤"或者"干泡"。行家吃泡馍讲究"蚕食"，即从碗的一边开始吃，不许胡乱搅拌，直到吃完，汤还是清的。

饦饦馍既要筋道，掰碎之后耐煮耐泡而不乱汤，又要有足够的空隙，以便吸附汤汁，大约面团以"死面"为主，掺入了少量发面。馍一定要自己动手掰，虽然未必能做到粒粒大小如"蜜蜂头"；掰碎的馍粒表面不规则，跟汤的接触面

羊肉泡馍

馍一定要自己动手掰，虽然未必能做到粒粒大小如『蜜蜂头』；掰碎的馍粒表面不规则，跟汤的接触面积大，容易入味，口感也好

积大，容易入味，口感也好；晚近有了新发明，用机器把馍切成见棱见角的四方丁，我试过，太难吃了，完全破坏了泡馍的风味。

肉最好肥瘦相间，酥软而不糟烂，肥而不腻，瘦而不柴。西安旅游集团的官网记载了一个1949年之前同盛祥的服务细节，颇饶趣味："客人掰完馍，伙计手托摆着肉的案板上前，什么后座（瘦肉）、肚梁搭眼泡、胸口（肉）清肺加肥瘦，依客人自点配肉。那时吃泡馍肉是肉钱，馍是馍钱。"这种颇具仪式感而且有益于买卖双方（买方需要个性化的服务，卖方需要最大化的利润）的流程即便是阅读文字都诱人食欲，时过境迁，此情此景估计在西安也难得一见了吧？

我大学毕业之后，有了不高的工资，偶尔会去同盛祥坐坐，除了泡馍，他家的红油肚丝和罐焖牛头对我也有吸引力。前者牛肚洗得雪白，煮得软中带韧；红油色泽红亮，辣得绵软，不呛嗓子；以葱白丝凉拌，香辣咸鲜，非常开胃。后者源于四川名菜红烧三元牛头，只是改成长方块，烧好之后放在带盖的腰形紫砂牛头盅里，蒸透上桌，软烂酥糯，略带弹性，醇厚不腻，是一道粗料细做的高级宴会菜。后来才知道，这两道菜都来自北京饭店。如今我在北京饭店颇有几位朋友，运气好的话，偶尔还能吃上红油肚丝，红烧牛头却再也没有碰到过。

近几年，总有南方朋友在网上糟改北方饮食文化，认为不如南方。实话实说，我对长三角一带的自然景观、人文传统、饮食习惯有一种难以言传的亲近感，但是，杏花春雨、小桥流水固然是一种美，大漠孤烟、长河落日也是一种美。所以，南京马祥兴的蛋烧卖、韩复兴的鸭油烧饼和西安同盛祥的羊肉泡馍在我的心目中不分轩轾、各有千秋。每个地区都有自己有代表性的美食，"尺有所短，寸有所长"，现在流行的所谓"地域黑"实在是文化乃至精神层面的狭隘无知的表现，可怜亦复可鄙。

参考书目

《中国烹饪百科全书》 中国大百科全书出版社1992年版

《中国小吃》(北京风味卷、天津风味卷、上海风味卷、江苏风味卷、浙江风味卷、四川风味卷、福建风味卷、广东风味卷、湖南风味卷、陕西风味卷) 中国财政经济出版社1981—1987年版

梁实秋著《雅舍谈吃》 中国商业出版社1993年版

唐鲁孙著《酸甜苦辣咸》 台北大地出版社2011年版

邓云乡著《增补燕京乡土记》 中华书局1998年版

赵珩著《老饕续笔》 生活·读书·新知三联书店2011年版

陈连生、萧正刚著《北京小吃——品味六朝古都的饮食风流》 台北如果出版社2011年版

张新民著《潮汕味道》 暨南大学出版社2012年版

俞挺著《上海小吃指南》 上海文化出版社2019年版

北极著《"潮汕膀饼"的传说》(网络文章)

图片参考素材供稿

北京中山公园来今雨轩

北京上海老饭店

北京重庆饭店

北京峨嵋酒家

北京华天延吉冷面有限公司

北京东来顺集团

北京吐鲁番餐厅

北京金生隆爆肚

苏州市烹饪协会

苏州昆山银峰老鹅馆

苏州昆山天香馆

扬州扬城一味

家全七福酒家

北京三元梅园宫廷奶酪传承人陈宇航先生

部分图片素材来自网络